遇見

劉梓潔——著

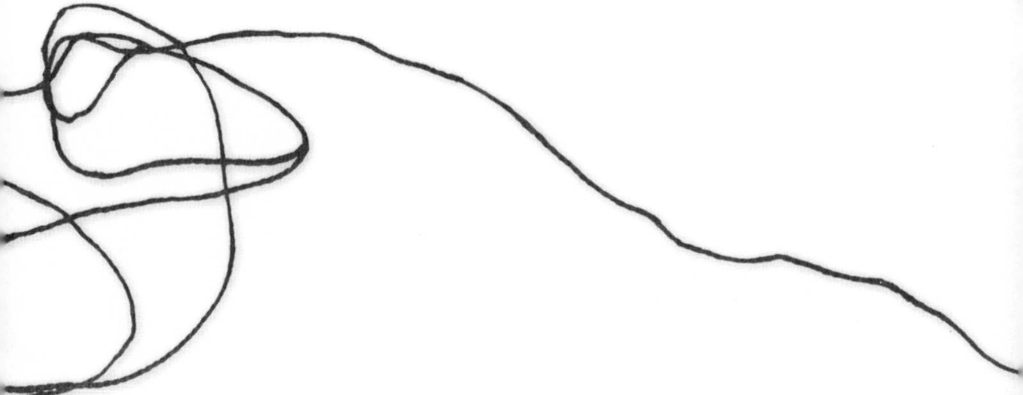

The Encounters

Essay Liu

有人愛你
若你也愛他，明天請對他說：天空是白色的
若那人是我，我會回答：但雲是黑色的
如此我便知道我們相愛

——李歐·卡霍《新橋戀人》

推薦序——

愛的角色接龍

小說家、FHM總編輯／高翊峰

有好長一段時間，我一直想著關於愛的種種。

比如，愛的人與被愛的人，正在做愛的人，等待接受與被接受的性器，眼神交會時彼此傳遞的訊息，結婚證書為社會帶來的制度軌道與為愛帶來的箝制束縛，也有類似像是複數同時存在的愛情，或者是情色女優在拍攝作品時，會不會對眼前大腹便便的男優，隨著潮吹溢出了充滿汁液感的真愛呢……

活著的人，應該有機會生成這些愛，是吧？

在死去之前，說不定，可以遇見各式各樣的愛，對吧？

我在試著思考這類問題時，經常在疑問句上停下腳步。約莫在一個月前，我放下了這些思索。為什麼？沒有特別的理由。可能就像愛本身的抵達與消逝，沒有可依循的邏輯。

就只是放棄了。包括書寫的念頭。

這麼一段思索的時間後，關於愛的種種，得出的小結有些荒謬，彷彿一個經常反覆的情境：

我停在紅綠燈口，還沒決定要跟著綠燈越過馬路，還是等待另一邊的紅燈，如禁制的人形圖騰一樣止步，再等待另一個尚未到來的綠燈。我低下頭，發現了腳邊有一枚銅板，沒有多加思索蹲身撿拾起來。我左看右看，身邊並沒有其他人一起等在這個路口。其他人，都在遠一點的、各自停下來的十字路口等待。我無法判斷銅板的面額與重量，只好把它放回到原來的地面，繼續看著綠燈，以及逐漸減少的時計秒數，在只有我一個人的紅綠燈口，持續等待。

我猜想，這個從夢裡來的一段影像敘述，可能就是關於我的愛的種種吧。

寫到這，意識到自己使用了許多不確定性的「可能」與充滿猶豫的口語「吧」。這是面對其他小說命題時，應該避開的。我於是推想，是因為面對愛，也是以一種模糊之姿。

之所以模糊，是因為我沒有角色，也或許，我還沒有準備好面對角色，也還沒準備好以協尋的姿態，裸露出那些躲藏於故事裡的人物。

然而，我在劉梓潔的這本短篇小說集，幸運地遇見了那麼多關於愛的角色。

這本短篇集的形式，並不特別新穎，一如「遇見」，這個詞也是如此老派，如此平凡與日常。如米一樣令人饑餓，如水一樣使人饑渴，也可能如空氣一樣令人賴活與失去後窒息。當然，也一如愛的本身，可以不經意發生在街角。

愛，不就是那樣？

轉個角，就能有愛。

在形式的轉彎處，發現了以為熟悉卻無比新鮮的小說。

愛，一直都沒離開那些十字路口，只是等待小說家的故事，將等在紅綠燈下的他們與她們串連起來。

《遇見》這部一式七份的愛情故事，以角色接龍，設計出現代感十足的浮世繪。不時出現的戲謔感，我不以為是黑色幽默，比較靠近的是你我他發現愛的不可駕馭的瞬間心境狀態：哭不是，笑也無能。

有人真以為，可以駕馭愛，在愛的過程，完全不撞毀？

那些歡愛的心靈與肉體，絕對不可能是零失事率的。我以為，愛就是為了撞毀而誕生的。

我想，這部以人名角色串連的短篇連貫故事，運用了臉書、微信、LINE種種現代社會的方便社交平台，充分說明了愛的撞毀能力。這裡頭的許多設計，都是令我羨慕的。在幾次閱讀的當下，巧妙的銜接安排，我真心覺得如此安排，實在機靈。這也是作者身為編劇、導演、作家三種視界經驗，交錯編織出來的說故事方法特質。

劉梓潔以小說家的思索與經驗之心，找到了導演眼中的鏡位視角，再以編劇的留白功夫，為讀者留足了最大的故事餘韻。

這些短篇，充滿了影像感的敘述發展，也充滿視覺節奏感的情節剪接。在單篇裡埋設愛的陷阱，也在更細小的碎故事裡，建築更完整的訊號。這樣的型式，讓故事發展更加暢快，很快就能投射故事角色們的情感位置。同時地，我不禁想到，現代的愛，因一切都加快了、只求便捷與有感的「速度」，已經換妝成另一張臉樣了。所以才得以如此解剖敘事觀點的技術，承載從短篇計量成長篇的可能性。甚至，在各個單篇裡，直接如剪貼般，再植入更加零散但有機的小說元素。

不管如何快速剪接，各個單篇小型故事，與橫向拉開卻也留空的中型故事，之於我個人，都不斷傳遞出重要的訊號：在愛與被愛之間，即便連只是單純的性行動裡，人都是需要慰藉的。愈是荒謬的情節安排，愈是說明了人畏怯的，不是沒有真實的愛，更無法抗拒的是孤單。只是，令人氣餒的是，這一切無關機率，也無法以平均值受惠的心情獲得愛的庇佑，而是偶然與巧合，決定了一切，決定了愛。

是吧，愛的完全不理性，才是它迷惑人的初衷。

我們因此相信，愛可以碎成短篇。

我們更是相信，愛是無法形成結構的。

這或許也是，愛是小說永恆命題之一的原因。

走過一整本《遇見》的故事，不難發現，劉梓潔是說故事的能手。之於我，有趣的是，每一個故事裡的敘事者，我，都成了敘事觀點的ＯＳ，讓人生出——原來我就是那樣需要著愛、也被愛傷害著的我啊——這樣的共鳴。

讀完之後，我個人其實生出了另一層次的共鳴質問：

愛，一種如此曖昧的抽象體態，能否隨著時間而漸漸具體、也漸漸堅固？

我深深覺得，愛是禁不起陳年的；愛一被安置，傷害就開始了。除非，你能一直一直一直，遇見愛。

推薦序——

生命中可以承受的白爛

小說家／**黃崇凱**

大約所有男人在面對女人的時候都曾浮現過這個問句：「媽的，這女人到底在想什麼？」可能出現在她對你的訊息已讀不回，也可能是她跑去向你的前情人們公開示威，或者她突然宣布要一個人出門旅行。於是男人就去拜網路大神、看兩性專欄，諮商身邊那些豬朋狗友怎麼辦才好。感情的事越理越亂，常常是case by case，沒有一體適用的疑難處理ＳＯＰ。這點完全可以從梓潔這部小說得到印證。

我們的時代充斥著韓劇式苦情（車禍、癌症、醫不好），日劇式溫情（謝謝你愛過我所以請一定要幸福噢），美劇式一夜情，以及很台的世間情。我總覺得，除了每日新聞跑馬燈上那些想不開砍來砍去的談判情侶，應該還有許多值得被描述出來的在地情感故事，它們也許很日常很普通，卻能與大多數人獲得共鳴。這些故事無需奇情的身世設定，情節不用下猛藥灑狗血，只要直白明快地陳述，最好語言親切，用字生活，會讓讀者讀著讀著，覺得自己也有個類似故事裡的朋友，甚至覺得那就是自己。

生命時常耍白目，逼人只能白爛以對。這是梓潔的小說常常讓我想到的事。在她小說裡曖昧、戀愛或結成一對的男男女女，總是備受考驗，因為姊寫的不是童話，而是小說。作為微宇宙上帝的作者，她的子民該受的折磨一點不少，時常寂寞、空虛覺得冷，想要得到幸福，卻只能聽到幸福在扮鬼臉的嘿嘿嘿，想不通自己為什麼抓不住幸福。這很真實，有句老話不正說著嗎：人類一思考，上帝就發笑。所以她笑嘻嘻寫著表面世故內在敏感的小說，把悲傷、痛苦和尷尬稀釋到不那麼黏稠，好暫時能與那些大於生命的什麼取得妥協。這也很真實，我們在遇見某些一時解決不了的困頓，不也只能大笑三聲當作嗆聲，繼續賴活嗎？

況且命中註定遇見的常不只是愛，還有眾多共用同個男人的前後任女友群組信，無法裝腔耍狠，就只能無言以對。好比那著名的詩句，誰都和誰睡過了，但那並不猥褻，大家都成了朋友。何必為了過往交叉持股的爛機機傷害彼此的尊嚴？偏偏就是有人想不開，妄想代位求償，而這，在情感的經濟活動裡，只有受傷的份。許多談情說愛的小說都告訴人們這個簡單的道理：獲利有限，風險無窮，盈虧自負。這部小說也是，但說法有點不同，最後還得加上一句：認真你就輸了。可是不認真更常贏不了，人生在世總免不了要來些一厢情願的自我作踐，才能在複雜博奕的人際關係中獲得一點抗體。畢竟老是受傷崩潰也不是辦法。

那麼，梓潔這女人到底在寫些什麼呢？——我猜她要說的並不複雜，感情世界虛虛實實，交錯糾結，沒必要事事追根究柢，誰沒有過去，過去就該讓它過去。難過有時，寂寥有時，無奈有時，擺爛有時，再偉大再轟轟烈烈的愛情故事，大綱整理起來不過一張A4。但千萬別忘了幽默感這個對抗冷酷現實的武器，當一個人能笑看自己，還有什麼能嘲笑他呢？

梓潔這回隨手掏出來的七篇小說，角色間隱隱連結彼此客串，像是底部相連的巨大螞蟻洞，每條螞蟻踩出的感情線，都教人又癢又紅腫，卻又忍不住數著這些感情線上的螞蟻意猶未盡。但願她有空多盤點一下存貨，下次來個一疊A4好嗎？

contents

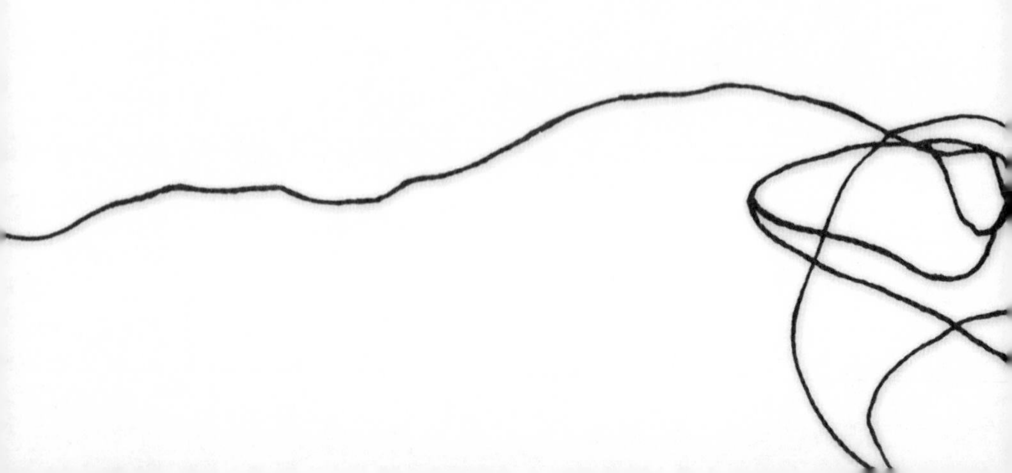

01 小兔

「台北也好冷。」

放手。這五個字變成另一條音訊檔，出現在只有我們兩人對話的頁面上。像是開了個房間，而裡面睡了兩條很冷的人。

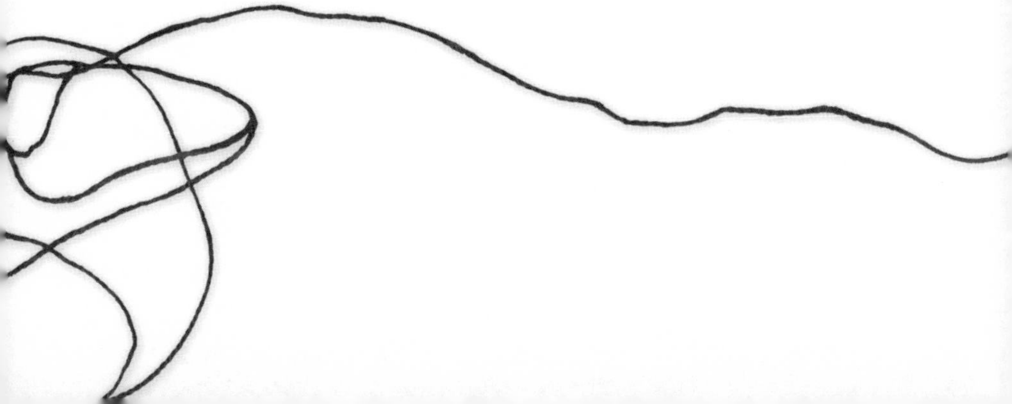

1

熊去打獵了。我總跟他說，你難道不能獵個大蘿蔔或大白菜嗎？如果只是為了要射中某樣東西。不，他仍然會拎隻皮開肉綻的野兔或山雞回來，要素食者他的妻子我燒水拔毛，而我們的小孩與他在帳篷外歡欣鼓舞準備起火烤肉。他們會在火堆裡幫我丟一兩顆馬鈴薯，那就是他們對我的愛了。

晚餐後，我會坐在營火旁，幫熊的弓箭重新上兔毛，或拿針線幫他把磨破的皮襖縫好，小孩兒一個個輪流跑過來，讓我在他們紅通通的臉上抹上綿羊油。一、二、三、四、五，我數著，等下把小孩騙睡了，熊就會過來挨著我，跟我撒嬌說想要生第六個。我會叫他忍忍，等過幾天我們移動經過縣城了，找個可以洗澡的地方再來辦。他說好，他還會拿隻羊腿跟街上的舊書店換兩本書給我看，他心疼地撿起我擱在腳邊的魯迅全集某一集，「瞧，都被妳翻得脫頁了。」他像摸小狗一樣摸摸我的頭髮。

這就是他對我的愛了。

那我愛他嗎？如果不是他，我應該還在峇里島稻田中央的涼亭裡練瑜伽，只穿一件小背心和寬麻褲，渾身是汗，皮膚潤澤，喝著冰涼的香茅蜂蜜檸檬凍飲，而不是來到這日夜溫差四十度的荒涼草原，把自己包得密不通風、包成直徑六十公分的大圓柱，把皮膚又烤又凍成一個大娘，燒著一壺又一壺的酥油茶。

不，不該是這樣的。我把臉埋進手掌裡，才慢慢、慢慢地回神。不，好險，這只是我們用春節長假來蒙古參加的一個「塞上風情體驗營」。瞧，隔壁幾間蒙古包的住客今天騎駱駝去了，導遊正把他們一個個拉回來。我們報名的是豪華完整體驗套裝行程，其實熊獵到的那些動物都是旅行社先去放的，明碼定價，萬一獵到、殺了、吃了，土雞、兔子兩百人民幣一隻，山豬、山羊兩千一隻。五個小孩兒也是我們加價租來的，一切都在廣袤的民俗文化村裡進行。

假期結束以後，我們就會搭機直飛回到廣東，回到那面對深圳灣的酒店式管理高級公寓。熊有時要帶客戶去東莞應酬，我從網路和電視多多少少得知那兒有些什麼好玩，我盡量不聞不問，當一個好妻子。但上禮拜我在他西裝口袋發現了一張桑拿娛樂城的菜單，才知道我在具備頂級蒸烤爐的美式大廚房裡，向幫傭阿姨學習怎麼把腸粉拉得平滑Ｑ彈，怎麼配出健脾補腎、清肺潤胃的煲湯材料時，原來他都在水蛇纏腰、環龍吐珠、冰火貂蟬，還天女散花咧。

這就是我要的嗎？不，不不，不該是這樣的。

我把臉埋進手掌裡，再一次，慢慢、慢慢地回神。不，我不在蒙古，也不在廣東，我在台北巷弄裡的老公寓二樓的一個房間，周圍除了一隻叫雷克斯的大肥貓，沒有其他動物。我面對著電腦，子夜二時，早就過了我該睡覺的時間。

剛剛那些場景情節，是我對著電腦螢幕上這四行字提供的線索，所能想像出來的最大極限。

暱稱：熊（男，36）
興趣：射箭
區域：中國廣東
職業：科技業高層

我在「命中註定遇見愛」（We are destined to be together.）交友網站完成註冊兩分鐘之後，信箱馬上湧進 122 封新郵件，都是這個號稱精密統計科學配對的系統主機寄來的，主旨是：「熊 極可能是您命中註定的對象！」以下 121 封的「熊」置換成阿忠、Vincent、內湖梁朝偉、等愛的人、憨厚工程師、身高 180 月入 120K……依照配對分數排列。這位住在中國廣東、從事科技業、興趣是射箭的熊，與我的相配度竟然最高分，滿分 100 分，他拿到了99分。信件內文說：「趕快點進去看看，你們有什麼共同點！」

我點了，看到了他的其他資訊：

照片：未上傳

個性：未填

喜歡的女性類型：未填

喜歡的食物類型：未填

喜歡的電影類型：未填

喜歡的書籍類型：未填

留一句話給她吧：未填

隨便再點個阿忠，都比他有誠意多。（留一句話給她吧：我叫阿忠，希望能與善良乖巧的妳，共伴一生。）

我隨即意會到，這科學配對的依據是什麼。點進去我自己的檔案：

暱稱：小兔（女，34）
興趣：做菜
區域：台灣台北
職業：服務業
照片：未上傳
個性：未填
喜歡的男性類型：未填
喜歡的食物類型：未填
喜歡的電影類型：未填
喜歡的書籍類型：未填
留一句話給他吧：未填

我哈哈大笑起來，明天告訴馬修他一定也會笑到在長椅上打滾。原來我們最大的共同點叫做「未填」，而我還把我和他的下半生想了一次。

但，我不完全認為這是烏龍。首先，我們絕對有一個共同點叫做「懶惰」。不是我不乖乖填，而是每個問題底下都有好幾頁的選項，而每一個選項都還要分別給分。

例如：喜歡的書籍類型，一點「文學」，就跑出女性文學、兒童文學、現代文學、情色文學、各國文學、西方文學等第二層選項，精密嚴選我可以接受，但問題是這些選項的分類根本一點都不精確。現代文學就可以包含了其他各種文學，各國文學跟西方文學又要怎麼切割呢？我按「跳過，回到上一層」，再點了「小說」（奇怪，小說就不能是文學嗎？），乖乖，它偉大精密的系統再彈出好長一段：犯罪小說、家世小說、奇幻小說、歷史小說、恐怖小說、幽默小說、軍事小說、懸疑小說、愛情小說、科幻小說、驚悚小說……要我逐一分別給分，底下標註：1到5分，5分＝非常喜歡、4分＝喜歡、3分＝還好、2分＝沒感覺、1分＝不喜歡。我分得清楚「喜歡」跟「非常喜歡」的差別，但我搞不懂「不喜歡」、「沒感覺」、跟「還好」有差嗎？不就都是，「不喜歡」的各種婉轉版本嗎？

我、放、棄。我按「跳過」。

我們第二個共同點：「叛逆」。每按一次「跳過」，系統就會「登」一聲，彈出一個好像你電腦中毒的驚嘆號大視窗，寫著：「請注意！回答得越仔細越有助你找到中意對象，每跳過一題都可能喪失一次緣分！你真的要放棄嗎？」我按「確定」。也就是說，我和熊，各自按了幾十次的「跳過」與「確定」，被幾十聲「登」在安靜的深夜嚇了幾十跳，被幾十個有如媒婆大嬸的警告視窗恐嚇，我們仍堅持「未填」。這不是叛逆是什麼？而最終按下「完成註冊」鍵時，我們相遇了。

還有第三個共同點：虛無。我們一定不信光靠這什麼鬼網站就可以幫我們找到幸福，才可以如此擺爛。那麼，既然不信，又何必來註冊呢？我不知道熊怎麼想。但對於我，我純粹只是想要讓馬修開心，或者說，讓他放心。

2

對，上網尋找真命天子是馬修幫我想出來的，下半生不致孤獨終老的方法。「命中註定遇見愛」是他從幾百個交友網站幫我過濾出來的，「網友公認最正派，絕對沒有找打砲的。」他說。網頁是他幫我開好的，「我是女，找男」，那個鍵是他幫我按的，暱稱也是他幫我打的。

不，我不叫小兔。沒有人叫我小兔，我叫杜淑雅，大部分朋友，包含馬修，都叫我小雅。但我不要在這對全球公開的暱稱欄上就叫小雅，馬修說：「那就叫小杜好了。」結果他手殘，打成「小兔」。他說小兔看起來好像比小杜可愛，就這樣吧。我說好。

而這整件事的導火線是，那個營建廠小開。我們店裡的常客秀珠姊（一群跳完土風舞會來喝精力湯和美容飲的婆媽之一）說她鄰居有個外甥，老爸是開營建廠的，38歲了還沒對象，說要介紹給我認識，經過馬修的長期勸說，我已變得開放而審慎樂觀，我說好。結果那小開託了秀珠姊，來問我的身分證字號，說如果是要認真交往，彼此之間還是越坦誠越好。我問有了身分證字號可以查什麼？秀珠姊說他們家跟代書、戶政事務所辦事員都很熟，可以查你家世清不清白、名下有過多少不動產往來……看我臉色難看，這媒婆自以為幽默地曖昧補上：「他有說喔！公平起見，妳也可以問他一個有關數字的問題。」她擠了一下眼睛。

多長？多大？多久？幾次？太低級了。我說如果真的是要真誠交往，他想知道我什麼身家背景我都會告訴他，但我只想問他：請問您去年看了幾本書？

話傳回去，又傳回來，得到：「這女的好像很驕傲，我們招惹不起。」

太奇怪了，這世界。問人家有幾個老爸有幾棟房子不叫瞧不起人，問人家讀幾本書就叫自視甚高。

「太沒禮貌了吧，這世界！」我掐著剛送來的有機豆芽，馬修在吧台清著咖啡機。

「不是這樣的，這個方法不適合妳，我再幫妳想想別的。」馬修說。

「為什麼不適合我？」我把臉埋在整盆豆芽裡。

馬修走出吧台，走到我身邊，揉揉我的頭髮，說：「因為妳是個大笨蛋啊。」

幹，多麼像日劇裡的情侶互相撒嬌，對吧？要告訴各位的是，我們從認識的第一天開始，就這樣講話。我們一樣大，十八歲認識，是外文系的同班同學，開學日全班自我介紹時就發現我們的笑點都一樣。

我們大學四年每學期都選一樣的課，坐同一張桌子，手牽手上課、下課、吃飯、看電影，搭公車聽音樂時頭靠著頭一人戴一邊耳機，從沒有吵過架，永遠都有說不完的話，每晚在宿舍門口分開前緊緊擁抱。

所有人都覺得我們在一起了，但只有我們知道不是那麼一回事。在我們認識十六年裡的前面十年，我都認定他是死不出櫃的gay，所以對「我們互相喜歡卻不能在一起」這件事實的態度，漸漸從悲壯到淡然。「我們永遠都會是最好、最親密的朋友。」後來好幾次我抱抱他，親親他額頭，這麼對他說。但後面這六年他慢慢用行動證明，慢慢讓我接受，他不是

gay，只是，我們真的不能在一起。

不，不要亂猜，不要自己演，不是什麼同母異父、同父異母的爛哏。

先說說前面那十年好了。好幾次我們都已經花了錢開了房間，我都已經從他頭頂吻到腳底，一絲不掛纏在他腰間了，他、就是、沒、反、硬。對不起是沒反應。我說馬修同學我們是兩具二十歲熾熱的身體耶，你就趕快向我出櫃吧。我們就這樣嘻嘻鬧鬧了四年，謝天謝地的是，我的身體好像也沒有因此不滿足，或者說，我好像也自然而然地對他的身體沒有了慾念。比起性，我反而更喜歡他抱抱我、摸摸我的頭、像老外那樣互相貼貼臉、嘴唇輕輕碰一下嘴唇，對，不要舌頭。

到了大四畢業前夕，他跟我說，終於還是要告訴妳了。「我有一個指腹為婚的對象。」我一聽只覺得天哪你好可憐，你真的被男性父權壓抑得好嚴重，我知道你阿公跟你爸都是醫生，你這獨生子念外文系已經夠娘了，如果還被他們知道你喜歡男生就是家族蒙羞了。

「如果這世界上，你只可以、只願意告訴一個人，那一定是我，對不對？」我還記得我們穿著學士服，拎著那四四方方的帽子，在操場邊等著要拍團體照，我這麼對他說。他說他真的不是，真的有個他爸爸朋友的女兒，他們從小玩在一起，但是那女生不適應台灣的升學環境，高中就被送出國，現在在美國念牙醫系，他近視千度不用當兵，畢業後就要去找她了。好一個美國的煙霧彈。他越說他沒騙我，我就越覺得他在騙我。

「我以為我們之間應該是沒有秘密的。」我那時二十二歲，該有眼淚的時候也有眼淚，該愛演的時候也很愛演。那應該是我認識他十六年之中，哭得最慘的一次，我哭到眼睛腫起來，哭著奔跑穿過一群一群穿著黑袍的歡樂同學，跑回宿舍躲起來，我沒有拍任何一張學士照。我那時也許想著：我要讓你的大學畢業照裡沒有我。日後回想起來，那些淚水也許只是因為我已隱隱約約知道，我再也不能自己騙自己了。重點不在這年頭還有指腹為婚，而在他對我的喜歡，不足以強大到讓他去抗命，重點在他也很喜歡那女生。重點在他不是gay，他有喜歡的女生，我不是他最喜歡的那一型。

馬修出國後，我也遇到了幾個，與我在床上契合無間的男生，我沒閒著。馬修每次回來，我們還是手牽手去吃飯、看電影，一直牽到六年前他無名指上多了個戒指。他們回台灣辦婚宴時，我還去參加了，帶著我那時的男朋友，一個開吉普車到處跑的攝影師。我們四人還曾經一起出去玩，我看著他那塘瓷娃娃般細緻的牙醫師新婚妻子，的確找不出一絲一毫理由來討厭她或嫉妒她。她叫慧嫻，聰慧嫻靜，女模特兒般的修長身材，臉上總帶著真誠的笑。你看到她就會很想張開嘴巴，讓她把你一口爛牙修好。

馬修說他跟慧嫻說過我們之間所有的事，慧嫻很有智慧地說：「那我就把小雅當作你的妹妹好了。」她說這樣，她也就沒有理由討厭我或嫉妒我。

偶爾只有我和馬修的時候，我們會葷素不忌地聊所有話題。他把我那些來來去去的男友用「性獸一號」、「巨屌二號」……來命名。

我們都不知道文學可以幹嘛，他在美國的大學出版社工作一段時間之後，就去上培訓課程，拿了咖啡師和調酒師執照，在華人社區開了店，生意很不錯。我在台北的出版社工作了幾年，學了瑜伽，拿了師資證照，接著幾近走火入魔，不停去蘇美島、峇里島、柬埔寨各地瑜伽研習營，開始吃全素，把自己曬得很黑，把自己弄得很窮。馬修對這些沒興趣，我唯一能跟他分享的是我在這些瑜伽社區學到的食譜：無澱粉藍莓堅果塔、薑黃茴香南瓜扁豆湯、甜菜根豆芽全麥捲餅、玫瑰荳蔻豆奶優格……我拍照傳給他，讓他變化調整後，加在他咖啡館的菜單裡，他說大受好評時，我就特別快樂。我們仍時時刻刻在分享，如一對感情特別好的兄妹。

後來，我把台北租屋退掉，把所有家當賣掉，揹著一個大背包，跟在清邁認識的「猛男八號」（仍是馬修命名）搬到雲南大理去開民宿，結果不到半年就分手了，這個義大利猛男回他自己的國家去。我用僅剩的、少少的存款，去了一趟梅里雪山，住在一家叫「守望６７４０」的青年旅館，名字很美，視野很正，一個床位三十塊人民幣，沒有熱水沒有浴室。６７４０，指的是卡瓦博格峰的高度，6740公尺，那是一座無人攀登成功的聖山。我每天清晨在靜謐的藍光中等待日出，這兒的人稱這景致為「日照金山」，第一道陽光會正好打在聖山的山巔，而後如勾金邊一般，勾出一整條綿延的金色稜線。傳說有幸看到的人會有好運，我每天都看到，但我口袋已經要見底。

我在村子裡的網吧把照片傳給馬修，三十秒後他回信要我馬上跟他 skype 視訊。那個空氣快要凍結的傍晚，我在周圍藏族青少年格鬥遊戲的音效中，馬修在 Pasadena 那個亞麻窗簾透著晨光的大洋房，我們一同做了改變人生的決定。

不，不要亂猜，不要演。不是他終於願意為了我拋妻棄子，而是，他們一家四口決定搬回台灣，他要開一家咖啡館。「我需要妳，小雅，真的。妳不該是妳現在這樣子。」我對著 webcam 擦眼淚擤鼻涕，馬修不知道為什麼也哭了。他說他是心疼。我開始了解「守望」這兩字。

這是一年前的事。這一年來我在他開的咖啡館裡當廚師，在後場做蔬食輕食，他說他幫我放了「乾股」，領薪水之外我也是老闆。這些我聽不懂，我若感覺他給我的錢多了點，就買衣服買玩具給他兩個小孩。他當初沒告訴我的是，他太太的牙醫診所也會開在隔壁，統一風格的裝潢，一看就知道是琴瑟和鳴關係企業。我住在咖啡館樓上的小房間，每天打烊後，而慧嫻看診結束前，馬修會上來和我打打屁，幫我清理電腦桌面，更新手機軟體，或是像剛剛，他上交友網站幫我註冊了個新帳號。

他打完「小兔」兩字之後，慧嫻車子喇叭在樓下輕輕按了兩聲，他和我擁抱後說掰掰，「要乖乖把個人檔案完成喔！」他像交代作業一樣地說。

於是現在，我看著這 122 封精選配對，不知道下一步該怎麼做。我往後一躺，拿枕頭蓋住臉。如果認真交往必須坦誠，那麼這 122 人之中的任何一人，都願意聽我講，我和馬修的故事嗎？

等登登。電腦傳出的三連音讓我彈坐起來。螢幕上出現了一個粉紅色邊框的訊息小方格，是從「命中註定遇見愛」網站的聊天室傳來的。

是熊。他說：「小兔，妳睡了嗎？」

3

熊：小兔，妳睡了嗎？

小兔：嗨，你好，我還沒睡。

熊：妳都這麼晚睡？

小兔：不，我早睡早起。今天是例外。

熊：是為了遇見我？

小兔：對不起，是為了搞定這鬼註冊。而且，我不習慣甜言蜜語。

熊：好吧，那妳趕快洗洗睡了，快到更年期的婦人了，別熬夜。

小兔：謝謝你，我已經塗了除紋抗皺霜，在敷蒸汽面膜了。

熊：那我們各自問對方一個問題，回答完我就讓妳去睡覺了。

小兔：睡覺是我自己決定的，為什麼要你讓我去？

熊：好好好。我可以問了？

小兔：請說。

熊：妳的個性是不是有點兒懶惰，有點兒叛逆？

小兔：是。

熊：就這樣？妳不問我為什麼知道？

小兔：這樣我不就把我問題用掉了。

熊：好吧，那我自己回答，因為我也是這樣的人。換妳問了。

小兔：你需要帶客戶去東莞應酬嗎？

熊：這就是妳的問題？

小兔：是，請回答。

熊：不用，我是做研發的……等、等一下，妳該不會是在東莞工作，上網來假交友真拉客吧？

小兔：不、是！

熊：哈哈，逗妳的。我當然知道妳不是。我在這網站註冊半年了，今天是我第一次找人聊天。

小兔：為什麼？

熊：我只是覺得，總要有個開始。

小兔：嗯，總要有個開始。我喜歡這句話。

熊：妳終於稱讚我了，大小姐。

小兔：我沒有稱讚你，我只是說，我喜歡這句話。

熊：我以為做服務業的身段都很柔軟，嘴巴都很甜。

小兔：哈，內場就不用。我在朋友開的咖啡館當廚師。

熊：真的？都做些什麼菜？

小兔：我只做素食，不能幫你做羊腿羊腦。

熊：哈哈，為什麼我要吃羊腿羊腦？

小兔：因為你射箭呀。

熊：哈，我射箭是在射箭場裡，對著靶射。

小兔：為什麼喜歡射箭？

熊：射箭最需要的是心定。它可以幫助不平靜的心，平靜下來。

小兔：跟瑜伽一樣。其實好像所有的運動都一樣。

熊：這很有趣哦。每次我越想著要射中，越射不中。什麼都不想的時候，反而射得準了。

小兔：真好。我喜歡這句話。這次我是真的稱讚你了。☺

熊：謝謝妳。妳睏了嗎？

小兔：好像過了最睏的時候了。

熊：那，要不要換個地方聊？我覺得這兒聊天不是很方便。

小兔：好啊，去哪？

熊：妳有微信嗎？

4

我們在某處遇見某人。可能是音樂聲大到要讓人耳聾、燈光天旋地轉到要人想吐的夜店，可能是一人拿著一杯雞尾酒、沒有位置可坐只好拿著一直走動一直對人說嗨、社交恐懼症患者無處可躲的企業界或學術界酒會，可能是高鐵車廂裡，可能是青年旅館的多人上下舖，會有一個人過來，跟你聊了幾句之後，問你：「要不要換個地方？」

這是某種遁逃的、私奔的邀約，我們暫時拋棄這些不重要的人吧。順利的話，「你家或我家」，不順利的話，宵夜吃了三攤越聊越沒勁，各自回家。不管會如何，總要有個開始。總要有個人，主動開始。

正如十六年前，開學第一週的「大一國文」課，馬修遞過來紙條：「我們下一堂蹺課去看電影吧。」鐘聲一響，我們就揹著書包跑出大學校門，搭公車到河的另一岸去，去一家叫美麗華的二輪戲院。買了票、買了飲料，卻不知在看啥爛片，馬修在我耳邊說：「我們再換個地方吧？」

黑暗中，我拉著他的手，走出去了。我們在猶如迷宮的巷弄裡，漫無目的走著，偶爾看到「白馬賓館」那樣的招牌也沒反應，那時還太早，對我們來說。我們買了個炸地瓜片邊走邊吃，走到復興美工旁邊一整排美術社，進去把每種筆都試試、每種紙都摸摸看，到廢棄百貨公司改成的電子娛樂城也進去胡亂玩了一輪。然後走到了橋邊，我興奮地轉頭對他說：

「我們用走的過橋吧！」

那是一座紅色的橋，其實不長，所以我們又想了很多遊戲來走得更慢一點。例如，確定左右兩邊都沒有馬上衝上來的車子，抓緊那幾秒鐘，一邊尖叫一邊穿橋而過，奔跑到另一側，這就足以讓我們笑不停。來回跑了幾次，邊笑邊喘，笑完了，站在橋上，看著景美溪及遠方的天空，我們沉默了幾分鐘，當時我們什麼都還不懂，就已經知道，我們在享受兩個人之間的寧靜。沒有一個人急躁地問：你怎麼都不說話？沒有一個人打破靜謐說：走吧。

突然，我說話了。我看著天空說：「天空是白色的。」

這幾個字說出口，就好像把一顆寶石用力地、直直地拋向空中，然後等待，它掉下來後，誰會接住？但亦有可能，直接墜地粉碎，清脆而絕望。我閉上眼睛，等著。

「但雲是黑色的。」

一台車呼嘯而過之後，我聽見馬修說。

我幾乎整個人跳到他身上，雙手環著他脖子，不停叫著：「我就知道！我就知道！」

在那之前，我們雖然已經說了很多的話，但還沒聊到《新橋戀人》。不過，要很客觀很理性地事後來判斷的話，我們都是高中時整天泡在校刊社的人，要知道這經典台詞，機率太大了，就好像那時隨便找個對文學有點興趣的人，對他說：「如果在冬夜……」，他一定會對上：「一個旅人。」對他說：「生命中……」，他也一定一字不差：「不能承受之輕。」

但是不管，那時我們就站在橋上，馬修又高又帥，我們十八歲，我都覺得遠方的天空要為我們放上幾道煙火。我們那幾年還笑說我們是「永福橋戀人」。

二十九歲那年，我自己去了巴黎，在新橋上拍照傳給他。他在加州，正被剛出生的大女兒Rose搞得夜夜失眠，看了照片，他只回傳：「好美。」後來我才知道，他和慧嫻的蜜月旅行就是去巴黎，但他好像忘了新橋這回事，跟大多數蜜月夫妻一樣，只知道鐵塔和ＬＶ。

也許所有的遇見，都只是一廂情願。

而在今天凌晨，出現在聊天室而與我相似度99分的陌生人，熊，也對我說：「要不要換個地方聊？」而他要與我移陣的目的地，叫做「微信」。

我花了半小時才裝好微信，因為花了二十五分鐘在每個抽屜裡找馬修幫我寫下Apple ID密碼的小紙條，又花了十五分鐘註冊完成，整整四十五分鐘後，我和這位有耐心的新朋友終於成為微信上的好朋友。

他傳了一條長度兩秒鐘的音訊來，也就是說，我只要一點，就可以聽見他的聲音。我點了。他說：「廣東好冷。」

聲音有一點厚厚的、濃濃的，不難聽，也沒什麼口音，但像是含著牙刷，或在被窩裡。我雖然還坐在床邊的矮桌前，面對著電腦，但也披上了棉被，穿上了毛襪，戴上不致妨礙打字的半截手套。對，這是台北的二月，濕冷到骨頭裡的二月。我依照微信上的指令：「按住 說話」，按住那個鍵，然後說：

「台北也好冷。」

放手。這五個字變成另一條音訊檔，出現在只有我們兩人對話的頁面上。像是開了個房間，而裡面睡了兩條很冷的人。我拉好棉被，倒頭睡去，大肥貓雷克斯極配合地重新調整位置，待我躺好，牠窩到我腋下。快要完全失去意識的時候，我把眼睛打開了一個縫，看手機裡那方格，仍只有這兩條。

熊沒有再說什麼話。我沉沉睡去。

而十二小時過後的現在，馬修和我已經賣出六十八杯山藥紫米薏仁豆漿、五十四杯熱拿鐵、八杯無咖啡因咖啡，和三十八份蔬食五穀全餐，他已經結完所有帳，我已經洗好所有的盤子杯子。手機裡都沒多出第三條語音。我讓馬修聽那兩段音訊，聽了至少十六次，而我自己應該聽了五十次。

廣東好冷。
台北也好冷。

現在這九個字，還繼續迴盪在下午時段暫時打烊的有機蔬食咖啡館裡。

「你沒聽出什麼嗎？」我問馬修，一邊剝著黃豆的外殼。

「不就是很冷的對話嗎？妳這樣回，他一定不知道要回什麼了。」

馬修把烘好的豆子裝到密封罐裡。「他說廣東好冷，妳應該說，給我地址吧，我給你織條圍巾寄過去。」

「或是你趕快來台灣，我們睡在一起，就不冷了。」馬修沒完沒了。

馬修三八裝出嬌滴滴的聲音。

我把一顆黃豆丟向他，他撿起來，吃掉。

「你真的忘記了嗎？」我不死心。

「是什麼？妳就說嘛！」馬修時間越來越少，越來越不喜歡拐彎抹角。

「就是永福橋戀人啊。」我說完，馬修手機的簡訊響了。

「那是什麼？是一部 Kuso 的國片嗎？」馬修看完手機，緊張起來：

「我連 Rose 和 Iris 晚上要上芭蕾舞課的舞衣舞鞋都忘了帶了，妳還考我幾年前的事。」

我看著馬修走出吧台，看著他快速在褐色棉 T 外面套上厚織毛衣，再披上圍巾，走出店裡，拿著遙控鎖對他們的高級休旅車發出嗶嗶兩聲，坐進車裡，還是很帥，就像所有汽車廣告裡的有女兒的爸爸。但他有些部分黯淡了，真的變成了一個父親。

他真的都忘記了。

「天空是白色的。」我自言自語。然後按下熊傳來的那個語音：

「廣東好冷。」

「但雲是黑色的。」我回答他。然後再聽見自己從手機裡回答：

「台北也好冷。」

這種神經病事，現在馬修不會陪著我做了，我也只能趁著他不在我身邊的時候發發神經，上個月他發現我會叫 Siri 念關於永和的中和路與中和的永和路的繞口令，馬上把我跟他兩個女兒丟到車子後座，把我塞在兩張兒童座椅中間，帶我和他們全家去吃樂雅樂。

「你乾脆也幫我點個兒童餐好了。」我憤憤對馬修說。慧嫻看出我的不悅，輕輕捏捏我的手，說：「改天我們找個 Lady's Night，自己去玩，別理他。」她像個雍容大氣的後母，調節著我和父親馬修之間的緊張氣氛。我們都知道這只是圓融的場面話，不可能成真，嚇死人我跟我前情人的老婆去 Lady's Night 咧，但我還是把自己的眼睛彎成像她一樣的半月狀，希望自己看起來像她一樣得體成熟。

我把咖啡館的燈熄了、門鎖了，回到樓上的小房間。從下午兩點半到五點半這段空檔，我大部分自己練習一堂流很多汗的串連瑜伽，再洗個澡。但今天我躺在懶骨頭上，抓著手機不放，像抓著奶瓶或奶嘴。

我研究出來，微信裡還有個功能叫「搖一搖」，比填八十頁問卷的交友網站簡單俐落太多了，只要拿起手機搖一搖，程式就會幫你找到這世界上同時在搖手機的人。太浪漫了對不對，在這個瞬間，這個與你相距數千公里遠的人跟你同時搖動了手機，這就是緣分。很抱歉，我搖了十二次，搖到了八個 Hi 和四個想打砲的。而，熊仍未傳來任何訊息。

奇怪，這到底是什麼花痴心態呢？不，比較像是，小孩被綁架了，家屬等著綁匪打電話來的那種心情。那我被綁架的是什麼？我打死都不會說是我的心，太早了。頂多就是某種注意力。對，注意力被綁架了。我應該睡個午覺，以免自己時不時去看那該死的微信。

我把手機設好鬧鐘，切成靜音收到抽屜裡，在床墊上躺平，瑜伽的攤屍式。手心朝上，雙腳打開成大字形，感覺眼睛沉入後腦杓，全身放鬆。我的左腳抖動了一下，很好，這叫釋放負面能量，再感覺肩膀融化，我的右手掌也抖了一下。

有一種說法，說練習攤屍式是為了練習死亡時的平靜釋然。我模擬著，在這屋子裡孤獨死去的那個老人，是如何安詳離去。

5

是的。一年前，當咖啡館和隔壁的牙科診所，都快裝修好時，我和馬修坐在院子裡，討論著菜單設計，他才說了。他不是我的恩人（我在雲南深山裡，一塊錢都提不出來時，是馬修匯錢給我，讓我買機票回來），慧嫻才是。

那天凌晨四點，他們在加州接到台灣打過去的電話，說：叔叔走了。他和慧嫻在黑暗中決定，夫妻倆先輕聲收拾行李，等小孩睡醒就去機場。慧嫻摺著衣服，中途幾次忍不住捂住嘴巴痛哭，馬修上網訂機票，一開電腦就收到我寄給他的雪山照片。

「小雅妳知道嗎？我那時真的覺得，只要我一放手，妳可能下半輩子就會像慧嫻的叔叔一樣。」馬修說。這位叔叔，其實是慧嫻身分證上的父親。慧嫻有三個哥哥，一個姊姊，她是老么。她爸的這個弟弟在兄弟中長得最帥、最會讀書也最會賺錢，三十歲就當銀行襄理，可是卻對女人毫無興趣，人家介紹他也不要，終身未娶，孤單一人。大家族長輩之間不知道怎麼商量的，決定把慧嫻過繼給叔叔，她還是在親生父母家長大，稱呼也都沒變，只是她成長過程中的所有學費、生活費、補習費，都是叔叔來支付。

馬修和慧嫻回台灣時，和叔叔一起吃過飯。「那是一家在大稻埕的日本料理老店，她叔叔進去所有女服務生都站起來九十度鞠躬，叫：林桑您好。」叔叔那時快七十歲了，還梳著油頭，穿著鐵灰色三件式西裝，用日語點菜，叫了整套懷石料理給他們兩人吃，自己只吃一份生魚片、一條烤魚，配了兩盅溫清酒。「話很少，卻仍然讓你感覺很溫暖的那種老紳士。」

這樣的一個老型男，有兩戶相鄰的房子，有很多存款，退休後每天早起開著賓士車去陽明山健行泡溫泉，每年夏天去爬富士山，卻一個人孤獨死去，四天後才被發現。不是屍臭傳出，比那個好一點，是山友們覺得有異，怎麼一連幾天沒看到林桑，聯絡到他退休的銀行，才找到他，一身整齊的睡衣，自然死亡。

慧嫻是這兩戶房子和那些存款的法定繼承人，她對炒房沒興趣，也不想當包租婆，所以他們決定開了咖啡館和診所。她只留下一小部分現金來重新裝修，其他的，她全部捐給了照護孤獨老人的機構和基金會。「她說，不希望再有生命孤孤單單的了。」

「她真的好美。」聽完後，我對馬修說。因此，我也成為這對夫妻發願「不再讓生命孤單」的受惠者之一。只是孤單這種事，有時就是命。

我問過馬修，他們難道沒懷疑過，叔叔可能是不出櫃的 gay？馬修說杜小雅這就是妳修行多年，對單身優質男人唯一的判讀方式嗎？他說他們當然暗自揣想過，但從遺物看不出任何蛛絲馬跡。慧嫻的媽媽說，家人很早就幫叔叔去算過命，算命師只說，這人太清了。一個人反而比較好。慧嫻從小到大，每一次的家族聚會，只要親戚們問起叔叔有沒有對象？眼光不要太高、不要那麼挑，找個溫溫馴馴的娶了就好，叔叔只簡短回答四字：沒有遇見。

遇見了，就不孤獨了嗎？我想起有次去洗頭看到時尚雜誌上面喬治．克隆尼的專訪。記者問他：「你難道不怕一人孤獨老去？」克隆尼回答：「不怕，有人陪伴還感覺孤獨，那才是更可怕的事。」（Well，但他後來也遇見他的真命天女了，祝他幸福。）

大概是住進這屋子的第一天吧，我就開始睡前在心裡默禱：「親愛的叔叔，您好，雖然我不認識您，但是我很謝謝您。但願您現在過得很好。也希望您保佑每一個生命都能真正快樂，活得自在。」我們把叔叔爬山拍的照片裱框，陳設在咖啡館和牙科診所牆上，這就是一種守望與陪伴了。

抽屜裡的鬧鐘響了，我該起床開店了。拿出手機，果然，什麼都不想的時候，反而得分了。手機上顯示：熊傳了一張圖片給您。

我點開，是一個直立式電暖器。蛤？現在是跳接到拍賣的賣家傳圖檢查品相嗎？底下有一段比較長的音訊，我點了。那連續的弧形符號閃爍著：「昨天傳完那段聲音給妳，我才感覺，怎麼冷得不像話了，原來是空調壞了，自己瞎弄了半天，沒好，早上請人來修了一下。現在終於好了。我今天排了休假，自己煮了鹹湯圓吃。妳今天過得好嗎？」

你今天過得好嗎？我記得在出版社工作的那兩三年，每到傍晚時分，我特別喜歡偷聽我的溫柔女主管講電話。她總是抬頭看了鐘，四點二十分，就拿起電話，按了一串像是閉著眼睛都不會按錯的電話，接通，她會問：「你今天過得好嗎？」接著交代冰箱有綠豆湯，籃子裡有麵包……其實她是在和讀國中的女兒講話。有次在她掛掉電話後，我忍不住說：「主編，妳跟妳女兒說話好像在跟情人說話喔。」沒想到一整排五、六個女同事紛紛抬頭應和：「對耶，我也每天在偷聽！」「哈！我每天都好期待喔！」這些女生們，那時都與我差不多大，二十多歲，單身、獨居、小資，不知道她們後來怎麼了，是不是還是一個人？

熊的聲音聽起來爽朗而溫柔，有一種包覆力。我彷彿聽見我那被綁架的注意力仍在呼吸，鬆了一口氣。

我在手機裡選了一張雷克斯貓咪睡到四腳朝天的照片傳給熊。然後，按住，說話，盡我所能，用最明亮愉悅的聲音：「我剛睡午覺起來，準備開店……」

我還沒說完，但我鬆手了。這句話先傳了過去。我從窗簾一角看到馬修的車子開回來了，他把車子洗過了，打上亮亮的蠟膜。他下車，關上車門時，他習慣性地，往二樓我的窗口注視。我突然意識到，這是他每天，停好車後做的第一個動作。

他的視線還停著。我拉開窗簾，隔著冰冷的、微微起霧的玻璃，努力給馬修一個大微笑。他看見了，嘴角略略上揚，對我揮揮手，彷如初見。

我把喉嚨裡，一塊感覺卡卡的東西，嚥了進去。再次用左大拇指按住手機螢幕。

說話。

「台北還是好冷，天空是白色的。」

放手。

這句話變成一段音訊檔，傳到千里之外。不管他能不能聽懂，至少他會接住。

02 小芝

小芝和我之間，就是那種不太適當的親近。只因我們曾經熟識同一支性器。我們的關係，簡單說，朋友。但小芝和我這對「朋友」，朋友這兩字的完全展開，卻是一個問句：一枚爛機機的前後任女友，到底有沒有可能成為好朋友？

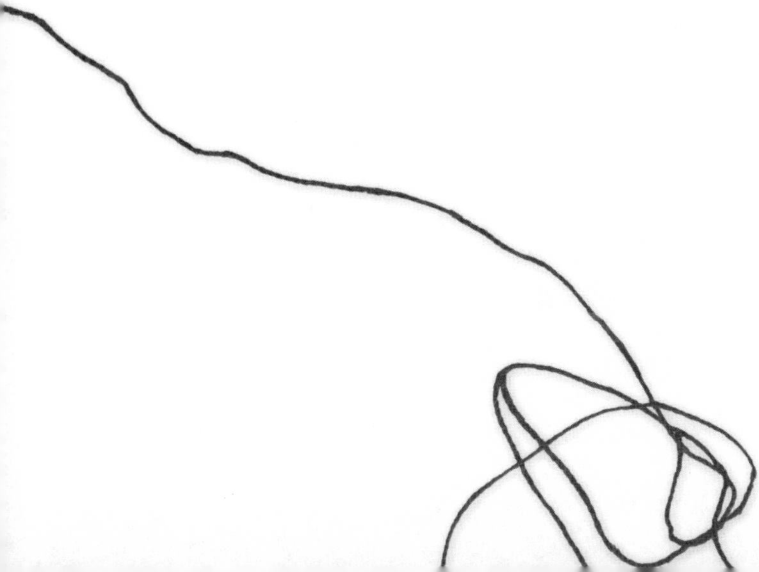

從認識小芝開始我就直覺我們之間一定有什麼不對勁，後來終於知道是怎麼一回事。但我一直不知道要怎麼跟人家說小芝和我的故事，因為我知道只要一說我們的關係，就會得到一句：唉呦你們好亂喔，或，你們好複雜喔。

真的嗎？我們真的有那麼亂，那麼複雜嗎？我不覺得。因此，我打算從最單純的部分開始說起，關於小芝和我的共同點。

我們都喜歡，手長得很好看的男生。手指平滑纖長、指甲平整乾淨、拿筆或拿酒杯，或只是雙手交疊放在大腿上，都有一種優雅的弧線。我們都覺得手好看比其他地方好看重要。

「用好看的手挖鼻孔，都比用肥短骯髒的手翻詩集還有氣質。」我說。

「是不是！就是這樣！」小芝回應。

我們偶爾約了在咖啡館交換近況，就是交換最近搜集到好看的手（們）。名為交換、分享，卻彼此暗暗感覺到，是較勁、比賽。

總是小芝贏。她贏的不是數量，而是質量。在我偷瞄著捷運上滑手機的青少年的手、書店文青店員結帳的手、修車廠的黑手、調酒潛水或瑜伽好手，小芝總是與她搜集到的手的主人們交換電話並約會。

客觀地說，小芝並不算太聰明，也沒什麼幽默感。她人如其表，表如其職業。長直黑髮、無框眼鏡、中學英文老師，我敢說，她現在穿去教書的衣服很多都還是她媽買的。

她最常講的話就是：「是不是！就是這樣！」要讓她說出這句話並不難。跟她說話時我會努力地表現幽默睿智，跟她見面時我也刻意穿得性感又脫俗，雖然這兩件事對我來講本來就不難。我這麼做，讓她感覺我重視她、喜歡她、期待和她見面，但對我來說，好像只為表現一件事。

那就是：我，比、妳、強。

但她的語言能力比我強上許多，這一點，老實說，我心悅誠服。她很有天分，也很努力，英文可以與老英老美對答如流不說，還精通日語、法語、西班牙語。她與我聊天時會不時跳出個外文單字，然後像在教學生一樣，翻譯中文意思，解釋該國人會在什麼情境使用這個字。她也總是把這些外國字鑲嵌得剛剛好，不讓我感覺到她有一絲賣弄。但其實她是。

仔細觀察，朋友或戀人之間，經常存在強弱。強的那方主宰所有事，專制同時也有一種我給你靠的氣魄，弱的那方，自然而然成為小乖乖或俗辣。但是，若有一方不甘願了，關係就保不住了。小芝和我的強度好像就這樣剛剛好，所以可以一次又一次地喝咖啡。噢對了，她也不喝咖啡，不抽菸不喝酒，我們坐在咖啡館時，她多半喝的是果汁，頂多奶茶。然後我會低頭看一下她今天又穿一雙新的阿嬤涼鞋是怎樣。

我們的關係，簡單說，朋友。一個中學英文老師與一個戲劇系講師，成為朋友，沒什麼戲劇性，也不亂不複雜。我到他們學校的教師研習營做了一場講座，小芝自告奮勇，把幾篇英文延伸閱讀文章翻譯成中文，我很感謝她。她把書還我，我請她喝咖啡。她分享暑假歐遊見聞，說從戴高樂機場到巴黎市區的火車上就跟一墨西哥小弟你儂我儂，到德國還被一位博物館遇到的鰥夫老教授請去家裡吃燭光晚餐，當然該做的都做了。反觀看似腿比較開的我每次旅行天一黑就孤伶伶拎著超市食物回旅館是怎樣？我開始對看似保守封閉平靜無波的中學教職界刮目相看。

所以，我們這以「妳最近有看到什麼好看的手嗎？」為開場白的常態約會就開始了。雖然我知道，朋友嘛，來來去去，親親疏疏。一陣子你跟甲要好，一起逛街吃飯看表演做指甲，一陣子又淡了，變成跟乙熟，聽心靈講座上烹飪課找水晶神婆看前世今生，一陣子乙又不見了。但我從沒想過，和小芝的友情會這樣終結。

一如往常，小芝報告她又得到了新對象，是她學校新調來的訓育組長。他主修地球科學，卻向她借了一本英文小說，午休時間在辦公室讀著，還一邊在喜愛的句子上劃線。

「妳想像喔，一雙好漂亮好乾淨的手，拿著尺和螢光筆，一絲不苟地劃線，妳會怎樣?!」

我說我會尖叫。

「是不是！就是這樣！」

我說小芝妳誤會了，我尖叫的原因是，書怎麼可以劃線呢？而且還是跟別人借的耶。

小芝努努嘴。我只好再補充，當然啦，重點是妳喜不喜歡那個人，如果妳喜歡他，當然無所謂，如果不喜歡，一定會叫他買一本賠妳吧。小芝滿意地點點頭。

接著，小芝鉅細靡遺說了他們約會到上床的過程：劃線男開車載她從陽明山到金山再到北海岸，兩人在車上從童年聊到現在，雖然是各自的流水帳編年史也覺得好有趣，到了淡水，劃線男把車停在便利商店門口，下去做了三件事：領錢、買保險套、買牙膏牙刷。上車後慢條斯理把交易明細表摺好，放進車上置物箱，把保險套放口袋，把兩套牙刷組交給小芝，溫柔地說了一句：「旅館的不好用，怕妳用不慣。」（我插嘴：「他是指保險套還是牙刷？」小芝笑著打我。）

他們一週去開一次房間，大部分是週間，小芝開始換用較大的包包，把換洗衣物帶去學校。有時一早升旗典禮，看劃線男在台上雄赳赳整隊，都覺得恍如隔世，那是剛剛與我翻雲覆雨的情人嗎？但越是這樣，就越刺激。

「為什麼聽起來像偷情呢?也是為了比較刺激嗎?」我問。

小芝頓了一下，說：「不可以對我做道德判斷，我才要說。」我點點頭，答案昭然若揭。「他有老婆和小孩。」賓果。

但小芝接下來的話，卻狠狠踩了我一腳。「而且他老婆得了癌症末期，現在住在醫院，請24小時看護照顧。他老婆娘家很有錢，醫藥費都是娘家出，在讀幼稚園的小孩也讓娘家接走了。」

所以，意思是，這位人夫人父，從此放大假了?還有閑情逸致在跟別人借來的原文小說上劃線?我要小芝冷靜客觀想清楚，這男的第一在紓解壓力，第二在找備胎。有時我們意亂情迷深陷其中，可是跳出來看，就會發現一切只是偶然。我剛回國時在南部一所四周都是鳳梨田的私立專校教書，學校一個熱心的、在體育課教土風舞的歐巴桑老師，介紹我跟鳳梨田另一頭的鐵工廠小開認識。歐巴桑老師說，人家也是國立大學的機械碩士哦。因此，我和這位篤實小開在小鎮街上唯一的咖啡座聊了天，我沒什麼感覺，但那天晚上，我竟然睡不著了!翻來覆去，胡思亂想，還把我與他未來的兩個小孩名字都想好了。但我突然一想，不對！是因為下午和他見面時，喝的那杯85度C！是咖啡讓我失眠了！這麼一轉念之後，我睡著了。下一次見面，我點了草本紓壓茶，果然睡得很好，跟他也就沒下文了。

所以小芝，妳有沒有想過，如果他太太不是臥病在床，他還會不會讓這一切發生？或是，如果他太太吃了什麼丹藥或做了什麼能量治療，突然一夜痊癒了，妳怎麼辦？

小芝像是吃了什麼丹藥一樣，把像是她準備了幾輩子的對白，一字一字慢慢說出來：「如果是命中註定，應該不會那麼難遇見。遇見之後也不應該有那麼多困難。如果真的是那個人，應該是他把手伸出來，你把手搭上去那麼單純。結合的那瞬間，所有荊棘會自動消失，沒有什麼好克服、經營、磨合的。」

所以，這位男士經過有如上帝主宰的中學教職員請調系統，自動送到妳面前，然後又因為你們一見鍾情，他的老婆小孩活該蒸發。是這樣嗎？

「人不是我殺的。」我以為小芝這時應該說出這句，但她嘴巴裡吐出來的，卻是：干、妳、什、麼、事？

哦對，干我什麼事？我還在那斤斤計較咖啡因含量多寡，人家可是面臨著生死掙扎。我把自己那杯咖啡錢，兩張百元鈔票，掏出來放在桌上，然後提起包包走掉，離開了小芝的公主袖雪紡洋裝、名媛水鑽涼鞋、桃紅色仿皮菱紋仕女包，沒有回頭。

如果她那句話是為了讓我閉嘴，那我可以消失得更徹底。

我曾經跟小芝說，因為跟過太多神經病在一起，現在我會要求百分之百無狀況。例如，點一杯熱拿鐵會問人家用什麼牛奶的男生，有病一定沒看醫生，沒病一定難搞，速斬速決。難道我是嫉妒小芝，她遇見一個狀況這麼多的人，但老天卻一樣一樣幫她斬除？

她沒有道歉，我沒有道歉。我想是因為我們都不知道是誰該跟誰道歉。我們就這樣斷了聯繫。難道我沒有一點點八卦的心態，想知道後來他們怎麼了嗎？老實說，真的，沒什麼興趣。

我一直不是那麼八卦的人，總是八卦找上我。

在那之後半年或是一年，有一天，我收到一封寄件人署名為 Queen 的群組信。主旨為：關於莊福全。

Queen 開門見山，說她是莊福全現任女友，他們正在籌備婚禮。因此，在臉書的感情狀態上插旗放閃還不夠，她要求莊把歷任女友的 email 都交出來，她必須向這些姊姊們宣示主權。「不論你們過去如何，都是過去了。他現在是我的了，他保證對我百分之百忠誠。」

莊福全，我交往過的神經病之一，十年前讀研究所時的男朋友，在一起九個月，有次吵架他在大街上對我飆髒話，我回家後馬上把他所有東西裝箱寄回，從此乾乾淨淨。

收件人欄位有一長串代號姓名及其電子郵件，說忘記用密件副本的人幾乎全部都是假迷糊真耍心機，名單外流再喊無辜冤枉不是故意，Queen 小姐擺明她就是故意。我看到自己的名字：施文蕙三字，在這一長串系譜中，想起一大堆關於前女友、前任、前度、Ex 命名的電影和網路奇談。

在喜宴上請了前男友與前女友桌，來者相互敬酒調侃，稱學長學弟學姊學妹，笑談是第幾屆，幾年開始幾年畢業，另一種情節是，開始呼巴掌、扯頭髮，最後惺惺相惜，欽新郎新娘終究不是我們。或是老婆小三一同抓姦在望遠鏡裡看到在沙灘上晃奶奔跑的童顏巨乳小四，驚呼唉呦她可拉高了我們這團體的平均分數。

這些都是好萊塢。

真實世界存在的版本，總是臉書誰 tag 了誰，以致姦情或前情敗露，或是像這樣，突然彈出一封沒頭沒腦的群組信，就讓人難堪難受（我鼓勵我學生，要用「度爛」）一整天，完全不亞於所有呼巴掌、扯頭髮場面。

我們這團體。哼呵，我不知道莊福全怎麼編列，或怎麼分組。在我與他在一起的九個月裡，我知道他每個女朋友交往都不超過一年，而分手原因大多是他喜歡上下一個。

郵件軟體收攏好的同一主旨郵件裡，有幾封 email 錯誤或停用彈回的通知信，上帝果然眷顧這些勤換 email 的女士們。我真希望我是其中之一。

虛擬世界的情緒就用虛擬的方式解決，delete。關上電腦，出門跑步、做熱瑜伽或吃大餐，用一種面對踩到狗屎的態度，把鞋擦乾淨，讓生活繼續。

然而，好戲在後頭。

在這莊福全前女友之女子團體中，有一人按了全部回覆，寫了一大篇當初他們如何相識、相愛到男方劈腿，後面是囂婆謾罵。Queen 自然又回信，不甘示弱回擊一番，附件是她與莊福全在海灘的恩愛照。長得怎樣？大家都想問，對吧。墨鏡那麼大，什麼都看不到，比基尼那麼小，卻什麼都遮住了。倒是莊，他媽的，他是健身回春了嗎？在大家都開始崩壞的前中年，他一定用路跑或皮拉提斯鞏固住了什麼，也終結了浪子生活。但我不懂的是，交出所有前女友的 email 以示忠誠，你至於嗎，莊？

這隔空罵來罵去的郵件，已經如 PTT 恨版的回文推文，也像團購登記的群組回信，我不知道她們要互罵到何時，每次看完只浮現六個字：有病要看醫生。

有一位說莊有情緒障礙，他們有次帶小狗去湖邊散步，兩人突然吵了起來，莊竟然把他們的瑪爾濟斯抓起來丟進水裡，女的大哭大叫，喊破喉嚨（這不是一個網路笑話嗎？），旁邊釣魚的好心阿伯才拿網子把溼淋淋的小狗撈起。這位女的寫道：「如果哪天你們有了小孩，妳就等著看莊福全把他淹死吧！」

另一位說莊會常常失控，是因為他其實吸食強力膠，一開始一小條，後來要買一大桶。她明白指出，如果莊還住在永春站後面那個四樓公寓（天哪大家都好熟）的話，可以去後陽台把洗衣機搬開，他一向把強力膠藏在那兒。

但接著，有位師姐挺身而出了。她說她被莊傷得遍體鱗傷（她也真的用這四個字），他們是青梅竹馬，後來意外久別重逢，她放棄一切跟著莊去崑山（什麼地方？），這位阿姐帶學生去畢業旅行（哦原來是老師）

三天回來，發現垃圾桶裡有用過的保險套，阿姐抓狂，莊竟辯稱，是樓上用完丟下來掉在他們陽台上，他去撿起來。（以莊的暴戾扭曲性格應該是拿把衝鋒槍上樓把那人一槍斃了再把套子塞他嘴裡吧）他們分手了，阿姐去看心理醫生，經過好漫長的重建之路，才和現在的老公交往。現在他們夫妻倆都是環保志工，她在做寶特瓶回收之中學會感恩惜福，也一點一滴地對莊寬恕，好多次念完經都迴向給他，她欣喜莊果然有接收到。她奉勸女孩們放下怨懟，別再互相攻擊。

喔幹我們現在是什麼團體了。

我想到不久前在網路上看到的轉貼文章。在中國偏遠省分，一輛巴士在荒郊野外被搶匪攔下，拿著刀要每個乘客交出現金，搶完錢，見女司機年輕貌美，把她拖下車，拖進草叢裡輪姦。一個正義男子衝下去了，當然，人沒救成，還被打得滿地找牙。一車的人，全都擠到了窗邊，屏息張望，悶不吭聲，聽著女司機的哀號，看著若隱若現的肉。

歹徒離去，女司機披頭散髮從樹叢中拉好褲子，再次上車，坐上駕駛座，車上二、三十人更是裝作沒事，看窗外、撥頭髮、手指繞圈圈。女司機站起，把正義男子的行囊丟下車，不讓他上車，渾身是傷的男子不解：「剛剛只有我下去救妳耶！」女司機把車門一關，車開走了。

讀到這裡的時候，我還以為，對女司機來說，近距離看見她被玷污，比隔著草坡與車窗更加羞辱，所以她寧可狠心棄絕。那麼，她與其他人，就可以繼續裝作什麼都沒發生，直達目的地。

但我錯了。故事往下，女司機載著一車的乘客，到了山崖邊，不煞車也不轉彎，用力踩了油門，與一車冷眼旁觀者同歸於盡。原本自認倒楣的正義男子，成了這輛巴士的唯一存活者。

這故事不知真假，亦不知年代（但一定不是智慧手機年代，不然應該會瘋傳短片），但我突然覺得我和這些 email 信箱的主人，就像一同被裝載進這輛巴士裡。這群組大約有二十人，但回信殺來殺去的就那三、四個，其他人，包括我，是沉穩淡定，或者是愛看熱鬧又怕死的俗辣？（我承認我把這群組設為垃圾郵件後，又忍不住偷偷去垃圾郵件查看有沒有最新發展。）而我們這一車的人，如果報應亦是慘死斷崖，那會是什麼？就像是藝人或玩咖披露給八卦雜誌或上傳至網路的不雅照性愛硬碟？

那並不是躺著也中槍，而是一開始就不該躺在那裡。

誠實，永遠是明哲保身的最佳方法。我應該回一封信，對Queen說，有什麼問題妳找妳未婚夫去，不要衝著我們任何之一來，女人何苦為難女人。對莊福全（對，應該也把他拉上車）說：莊，你是個惡名昭彰的爛機機，但你就要獲得幸福了。我祝福你。真的。

（噢，爛機機是最近我學生教我的新名詞，我鼓勵他們不要害怕，寫台詞時完全使用他們現在用的語言，結果畢業公演一講到爛機機就全場高潮，掌聲雷動，效果非常好。）

我們那時是真正快樂過的，對吧？

雖然在一起的時間只有九個月，但你每天晚上，十點或十一點，一定用你家電話打我租屋的電話，兩個人聊一小時兩小時，尤其我準備推甄研究所那段時間，每天晚上你不厭其煩地和我模擬口試，你說見了面就不要講這些嚴肅話題，見了面我就帶妳去玩耍。你是真的懂我的。考試前一晚你還帶我去吃永康街芒果冰，說：妳看我都不問妳書讀完了沒，帶妳吃冰就是幫妳加油。

每週有兩天一夜，我們在一起。碰了面先去看個電影吃個飯，很多很多的散步，逛24小時書店，兩個人都抱一大落書，每次都是你幫我結的帳。去24小時頂好買兩根冰棒在路邊吃，回到你家你調瑪格麗特給我喝。

我那時好愛去你家。三房兩廳的簡單老公寓。我剛從六人一室女生宿舍搬到與同學分租的雅房。那是我第一次知道不用排隊洗澡、不穿衣服在家走來走去有多自在。

你開始不太回家時，仍然每天和我通電話。只是，噢，我偵探小說讀太多，很快就發現不一樣。你的聲音，從手機與從室內電話傳出來的，不太一樣。我撥給你，你把家裡電話轉接到手機，接通時有個細微的停頓，跟平常不太一樣。

我當然可以當作沒事，但我戳破了。（是因為我也不想再繼續？）

那時是二〇〇三年夏天，ＳＡＲＳ。我們見面由一週一次改成兩週一次。因為你說出門都要戴口罩好討厭。我當然知道這不是主因。有次回到你家，滿屋塵埃，我知道從上次我來到這次我來，這中間你也沒有回來過。這幻影之屋，好像只是為了我會來，所以趕快在台北市一堆紅藍鐵皮屋頂的公寓群中出現一下。

你擰著抹布擦桌擦地，我說：其實你已經沒有住在這裡了吧。你倒也乾脆，直接說了。你把到一個，領了大筆贍養費的離婚婦女，住在有警衛有中庭花園的豪華社區，家裡沒有一點灰塵，所有家具都好新，浴室就像五星級飯店一樣，你已經搬到她家去住。

我把東西收一收，走到馬路上，準備去坐公車。你追了上來，拉著我的手，我甩開。你突然咆哮，我操你他媽的逼，為什麼我們兩個人之間都要照妳的劇本演，不合妳的意妳就不開心！

我才知道，你一直在演。

莊，你是個爛機機，但你就要獲得幸福了。我祝福你。真的。

施文蕙 上

我寫好了。但我沒寄。寫出來之後，就不用寄了。好像我已經知道自己在想什麼，所以那些八卦的、恩愛的、惡毒的、喊破喉嚨的、遍體鱗傷的，都刺激不了我。（至於給 Queen 的，我想就不用寫了。主要原因是女人何苦為難女人這種句子我實在寫不下去。）然而，並不是每個人想法都跟我一樣。是的，另一位原本悶不吭聲的冷眼旁觀者回信了。而她的信讓我頭皮發麻。

如果是命中註定，應該不會那麼難遇見。遇見之後也不應該有那麼多困難。如果真的是那個人，應該是他把手伸出來，你把手搭上去那麼單純。結合的那瞬間，所有荊棘會自動消失，沒有什麼好克服、經營、磨合的。

女士們，放輕鬆點吧。

寄件人：GF。grace_feng@╳╳╳.╳╳╳。葛瑞絲．馮。馮美芝。小芝。

這是她的另一個，我不知道的信箱。

我努力告訴自己，一切只是偶然。但這幾乎是早就寫好劇本，早就反覆背誦的台詞，讓我無法不去猜測，小芝，是從一開始就知道，所以當我命中註定地到她學校講課時，她主動過來接近我？或是在她收到 Queen 的第一封信時，早就看到我的名字與 email，所以她計畫著要如何讓我認出她？或是，她到現在都還不知道我也在名單中，再說世界上有好多施文蕙，而她沒去比對 email？

我終於知道，認識小芝之後，在她身上感覺到的那種不對勁是什麼。好比我去郵局被白目女插隊，去洗頭被激動妹把水沖進耳朵，我都會想，我前世踩斷過你鞋跟吧，我偷過你家水果攤上的一顆大梨吧。法國小說家韋勒貝克的《情色度假村》裡，男主角的老爸跟北非女傭搞上了，因而被這年輕女孩的哥哥打爆頭。再次見到這女傭時，韋勒貝克寫道：「她熟識我父親的性器，這讓我們之間產生了有點不太適當的親近。」

是，小芝和我之間，就是那種不太適當的親近。只因我們曾經熟識同一支性器。我們的關係，簡單說，朋友。但小芝和我這對「朋友」，朋友這兩字的完全展開，卻是一個問句：一枚爛機機的前後任女友，到底有沒有可能成為好朋友？

我可以繼續裝死，讓時間把鏡頭拉遠，遠到這整件事變成只是一粒沙。但我有小芝的電話、email與LINE，我們見過面說過話，不是電子信箱背後的虛擬人，我可以把事情弄清楚。我發了LINE給她：「我覺得我們需要碰面談談。」

我們約在同一家咖啡館。我們連寒暄都省，她直接說了：「莊福全是為了妳跟我分手。」我想我不需道歉，他媽的這些女人為什麼都不衝著死男人去就好，可是，對，我不會說我躺著也中槍，而是我一開始就不該躺在那裡，莊福全的溫馨公寓的柔軟大床上。

所以十年後，當小芝在研習師資上看到我的名字時，後面的「友情」，自然而然發生了。她收到Queen的信時，想過要不要跟我私下聯絡，但最終作罷。因為她不知道應該裝成什麼都不知道，或是在那時就跟我攤牌。

好，如果故事是另一個版本，研習結束，小芝走過來，並不是說要幫忙翻譯文章，而是伸出手，說：「施老師妳好，我是莊福全的前前前前前……女友，他是為了妳跟我分手。」我應該也會覺得你老師卡好。

「那麼，那段話，什麼命中註定的，是什麼意思？」我百分之百確定，小芝絕對是有意的。

「妳真的不知道？」現在變成她覺得我在故意。

我搖搖頭，眼睛沒眨一下。

「那是莊福全和我分手時說的。」她頓了一下，「他說，是妳寫給他的。他很感動。」

我倒抽了一口氣，再次堅定地搖搖頭，但這次的搖頭卻不是否定，

「我不記得了。就算我寫過，我也忘記了。我幾乎忘記跟他在一起發生過的所有事了。」

若我真的寫過那段話，現在的版本應該是：如果遇見的人是錯的，要忘記也沒什麼困難。

我還是很禮貌地，問了小芝近況。（謝謝，這次她沒說，干妳什麼事？）她情人的妻子在我們上一次見面之後三個月就過世了。她現在與他及他女兒住在一起，五歲的小女生開始學著叫她媽媽。

我們仍舊揣摩著彼此之間那種不適當的親近。包括我還故作輕鬆失言一次：「莊福全的手，一點都不好看啊。」小芝沒笑。以致於，我也無法很八婆地八卦：他真的有吸強力膠、淹小狗嗎?!唉呦我的天哪還樓上丟下來的套子咧！（姊姊，我早說了，那些都是好萊塢。）

分開時，我很慎重地，跟她說：「小芝，因為我無法說我沒有一點錯，所以讓妳決定。我們還是朋友嗎？」

她說是。

但時間證明，不是。

我們只能選擇，讓時間把鏡頭拉遠，遠到這整件事變成只是一粒沙。

03 周期

嘿咻嘿到腦震盪，這比剪指甲剪到流血還天兵一百萬倍。那時我便很確定，我和大余是兩個不知道自己在幹嘛的人，在一起了。我請他去找房子，找到就搬出去。但是，我發現懷孕了。

1　品崔與潔西

她們要品崔過來叫我媽媽。

品崔四歲，毫不忸怩，咧開嘴笑好玩似的，對我大喊一聲，馬迷，尾音故意拖長，小孩這時通常會張開雙臂，朝著這個被叫馬迷的人奔跑。但品崔沒有，隨即抓緊她新媽媽的衣襬。印尼新媽媽，像個潔西卡·艾巴，古銅色肌，翹臀，捲捲頭。品崔像她比像我多，只差沒叫她媽，直呼其名：潔西，尾音也拖得長長。一大一小，跳舞似的，一個漂亮的轉身，旋進屋子裡去。

院子只剩下她們和我。三個已老及半老的女人看著大女生與小女生曼妙的身姿消失在門後。

她們，是我媽與我妹。

妳看吧，品崔只認妳是媽。先說話的是我媽。

因為她長得像潔西卡．艾巴就可以叫潔西嗎？我問我妹。
少亂想，誰還記得潔西卡．艾巴?!我妹回答。
大余怎麼不跟她再生一個，把她屁股弄大？我開始粗言粗語，不像個媽。
我媽與我妹同時感到訝異又驚喜，她們一直迴避著的名字，我拉肚子似的，就講出來了。大余，我的丈夫，品崔的爸，我不知道品崔怎麼叫他，爹地或把鼻，尾音有沒有拉長。
妳願意叫他名字了喔？這次我妹先開口，小心地問。
妳別逼妳姊！大余也是不得已，品崔要人帶啊，人家娶個印尼的已經算有情有義了。我媽趁勢補充，像是要為交代這四年的故事大綱，先起個頭。我沒理她。
治療師不是說，我學會對創傷原諒與釋懷，妳們才可以領我出來嗎？我回答我妹。
四年前，我在醫院生下品崔。隔天我換好衣服，抱著品崔，自己開車回家。車是我在醫院地下停車場搶來的。據她們後來說，我用水果刀刺了正要開車的男的一刀，刀還插在那男的肚子上，我開了車就走。但我全忘了。

我回到家，一進門跟我媽大聲嚷嚷，什麼爛醫院，怎麼連包也不包一下，像抱小狗一樣讓我抱回家。據她們後來說，我媽嚇得把本來要帶去醫院給我吃的一鍋麻油雞當場打翻，大腿以下全部二度燙傷。

再說說看，妳還記得什麼？我妹繼續探問。

不要逼妳姊！我媽聲音轉為啜泣。因為我正慢慢拉起她印尼大媽式的熱帶花布長洋裝家居服，小腿以上，燙疤處處，等高線般的圈圈烙在肉上。我輕輕摸著，沒什麼情緒，像是要判讀所在之地是鞍部還是稜線。

都過去了，都沒事了。能夠遺忘是好事啊。我媽泣不成聲。

我的頭痛藥呢？我坐在地上問我妹。

我妹手忙腳亂翻包包。我這才看見她今天為了接我出院，穿了套裝和高跟鞋，上了美容院，盤起了頭髮，噴了定型液，烏黑油亮，濕潤有型。

看上去，還真像個要參加喜宴的阿姨。

而我一身迷彩野人打扮。

不像個媽。

2 艾凝嬌與周文官

我沒見過我的外公。不過我想他應該是個天才，能夠在那麼遠古的年代把自己的獨生女取一個聽起來像女性陰道潤滑劑的名字。艾凝嬌，我媽。

可惜艾凝嬌這個名字沒為她招來多少蜜蜂引來多少蝴蝶。艾凝嬌二十歲就嫁給大她二十歲的周文官。這種故事很多。艾凝嬌高職畢業透過關說當了鄉立圖書館館員，周文官的學弟要和一個女的約會，學弟找了周文官作伴，那女的找了艾凝嬌作伴，最後那對男女沒在一起，兩個不知道跟來幹嘛的人，反而在一起了。

兩個不知道自己在幹嘛的人，在一起了。這句好像也可以拿來當作大余和我的開頭，不過這留到後面再說。

以艾凝嬌無聊沉悶的個性，當她被周文官帶到另一張桌子時，她一定不斷重複著，我真的不知道我來幹嘛。周文官大概有點本事，可能是拿出手帕變魔術之類的，讓艾凝嬌很快就決定嫁給他。

他們生了兩個女兒，取名為周期與周盼。後來，艾凝嬌母女三人才知道，取這雙名字，是因為周文官期盼著回到哪個地方去。他的期盼在周期上國中那年成真了，從此沒有回來。

這種故事也很多。

這裡值得一提的，是周期這個名字。對，就是我。在賦予我這個名字的我爸消失得無影無蹤時，健康教育課也正好把這個名字教給我，以及我的同班同學，在那種難為情的青春期，只要課堂考卷對答，說到生理周期四字，大家就會轉過頭看我，竊竊私語。

主修數學的班導師大概也對於叫我的名字感到尷尬與困擾，便跟全班同學微言大義一番：周期指的是一段固定的時間，不一定是女生的那個來，像是地球自轉一圈的時間也叫做周期，或者是說，你們回爺爺奶奶家間隔的時間，也叫做周期。我們經常說頻率頻率，周期，就是頻率的倒數。

天啊，真難。我寧可我爸幫我取一個潤滑劑的名字。

不公平的是，我妹就沒這種困擾。十多年後，周盼步出師範大學校門，順利進入一所男子高中當國文老師。那時，她沒徵詢我媽與我的同意，就自己去改了名字，在名字後面多加個盼字，變成周盼盼。從此一堆男學生直接叫她盼盼，叫得她每天花枝亂顫，都可以不用戀愛結婚了。

真是個叛徒。

我爸消失後不久，我媽開始在圖書館借很多勵志書，書名諸如：女人要有自信、一個人也可以很快活這類句型，她不知道在哪本裡看到一句話，撕了日曆紙，抄寫在背面：婚姻再狗屁我都要永遠記住我最快樂的事。作為她此後人生的座右銘。

但是，問題來了。艾凝嬌最快樂的事是什麼呢？那陣子，她去學了蛋糕烘焙、拼布裁縫、民俗舞蹈與經絡推拿，最後發現她終其一生的救贖與依歸，仍是這對女兒。

周期與周盼。

3 Soto Ayam 印尼雞湯河粉

我醒來時，我媽和我妹正低頭吃麵。我躺在最長的一張沙發，腰上裹著薄被，長茶几緊挨著我，好像怕我滾下來。

從生那個病開始，我醒來時的樣子，永遠不是我記得入睡時的樣子。

她們各據茶几一邊，被泡麵的香味籠罩著。我聞到檸檬、香菜混著人工高湯的味道。

Soto Ayam，我說。我妹從桌下撿起兩個泡麵塑膠袋，上面大大的字，Soto Ayam。哇，妳真的很厲害耶，不愧是大廚師，一聞就知道。周盼盼從來不吝惜讚美別人，尤其是對她唯一的姊姊。

妳也吃一碗吧？我媽說著，打開一包印尼沖泡河粉，嘩啦啦撒下雞粉調味包，注入熱水。在碗裡鋪上切好的水煮蛋、雞絲、番茄丁、香菜末，擠上幾滴檸檬汁。

我不知道她們現在吃泡麵這麼講究。我妹指指天花板，說，樓上。樓上拿下來的。樓上，指的是大余、潔西和品崔那個家。真酷。我爸就只留了這個房子給我們，兩層樓公寓，一層樓不過十來坪，現在，又隔開，成了兩個家。

用品崔的稱謂來區分好了，樓上，住著爸爸、新媽媽和我，樓下，住著外婆和阿姨。而現在，樓下又多了個馬迷。不知所措的馬迷。

我看著天花板想像，原本這邊正上方是我和大余的房間，現在，是變成客廳和餐廳嗎？而樓梯間和浴室的後面，原本是我妹的房間，現在，變成他們一家三口的房間嗎？樓上沒有廚房，潔西就架個電磁爐，在客廳煮水煮蛋、燙雞胸肉，擺塊砧板切番茄、香菜和檸檬，然後放在拖盤端到樓下來嗎？

樓梯口的門，是後來加的，就堵在樓梯轉彎處。連樓梯都樓上樓下各一半，我媽真大公無私。我發現我的胸口堵著一塊鉛。

樓上都是書。大余給品崔買的，妳以前那些都沒丟，大余又給她買了好多，都圖畫書。說話的是大公無私外婆。

周盼補充，對啊對啊，我有次上去，品崔抱著一本書問，馬迷呢？馬迷在哪裡？大余說，去旅行。品崔問，什麼是旅行什麼是旅行？潔西就趕快翻開另外一本書，上面畫著飛機和行李箱，跟品崔說：travelling, Patricia, it's travelling。

一人分飾三角，周盼盼說得可真神采奕奕，尤其學那印尼腔英文，學得好像。

我笑了，開始吃麵。

Patricia，原來她這麼叫品崔。

是啊，誰叫妳幫妳女兒取這名字，好難念。品崔，品崔，我都念好幾次才上口，我媽說。妳老公說妳取的，不准改，余品崔就是余品崔。

妳女兒，妳老公。真夠了。天啊艾凝嬌到底是戶政事務所還是圖書館的員工。不，她只是把精神療養院出院手冊上的其中一條，作為她此後人生與大女兒對話的最高原則：請隨時提醒病人的現實感，例如家人的稱謂與關係。

妳看，大余都照妳說的辦，妳跟大余說，多買書，他就拚命買。是啊，最好也是我叫他多打砲他就拚命打。我又像拉肚子一樣，說出她們以為的我的創傷。

喀啦。樓梯口的門被打開了。一串拉肚子似的腳步聲傾洩而下。是大余，住在樓上長手長腳的大余。

我和小期睡前面吧。大余說。

很好，現在樓下又分成了前面和後面。我媽和我妹飛快收拾好桌子，到後面的臥房去。原來已經凌晨一點了。我隱約聽到電視被打開，韓劇獨特的國語配音隔牆傳出，依然尖銳刺耳。

我縮起腳，繼續躺回長沙發，臉朝裡面。大余關了燈，擠了上來，從背後緊緊抱住我。他打了個嗝，也是那雞湯泡麵的味道。我感覺到，他身體裡也有一塊鉛，連著我的，現在吸在一起，慢慢地往下沉。

這是出院回家的第一個晚上，我記得入睡時的樣子。

4　母女三人的旅行

關於那一場母女三人的旅行，我媽在未來的日子裡都沒有交代。

下課後，周盼和我還穿著制服，我媽帶著我們去坐車，沒說去哪，拎著一行李袋，說：妳們的衣服我都幫妳們帶了。客運慢慢地翻過一座又一座山，晃得我好餓。我媽從包包裡拿出泛著油的公文封，我知道，那裡面又是她圖書館下午辦講座或開會剩下來的茶點，周盼說她好喜歡那種帶著人工酥油香的牛皮紙味道，可我相反，這只會讓我吃餅乾的時候覺得像在吃公文。母女三人傳著一印著某某縣政府的信封，從裡面掏著奶酥或咖啡餅乾時，車子後方發出巨響，車底像是卡進了什麼東西，駕駛趕快下車查看。

是一台機車過彎道失速打滑，連人帶車滾進了車底。我們被驅散下車，沿著山路往前走到下一個站牌。警車、救護車嗚伊上山，我媽叫我們不要看。搭上下一班車，穿出山路，在一條熱鬧的街停靠客運總站。客運站的站務員是四十多歲的男人，顯得極熱心，問我們去哪裡？我媽回答，我才知道原來我們有明確目的地：去宜蘭換車到梨山。站務員說已經沒車了，趕快帶小孩去找家旅館休息，還沒吃飯吧？他說可以坐明天早上八點半的車還介紹了便宜的旅館。

我覺得站務員熱心過頭，一直橫隔在他和我媽中間，用不帶善意的眼神緊緊揪著他，像用眼神勒住他的白襯衫藍領帶，怕稍不注意，他就會對我媽露出調情的線索。

我們到旅館卸下行李，三人房裡有一張小床一張大床，我睡小床，我媽和我妹睡大床，好像從來都不用溝通，就是如此。旅館窄小的大廳有一排塑膠板凳，坐著一排濃妝艷抹的中年婦女。我媽也只說了三個字：不要看。

我們下樓，找了家麵攤吃晚餐。三碗陽春麵，沒有加滷蛋，沒有切小菜。我們去梨山做什麼呢？我忍不住問我媽。去找妳爸的朋友，他要去大陸，我要請他帶東西給妳爸。為什麼不能用寄的呢？不好。那他們要去坐飛機會經過台北吧？我們可以那時候拿給他啊。不好。不禮貌。

那時距離我爸去大陸探親就不再回來剛好一年。那一年內我媽常要我們畫圖寫信，大約每個月累積成一大袋一次寄去大陸，但我爸從來沒回信。

順便帶妳們去玩玩，不好嗎？我媽反問。不好，我心想，但我沒說出口。我想我是在跟這過於陽春的晚餐嘔氣。

但我們沒去成梨山。因為那個晚上，我生病了。

就我媽的說法是，半夜她被一陣寒風吹醒，張眼，發現房門竟然開著，而我已不在單人床上。她匆匆穿好衣服，確認周盼睡得很熟，把門鎖上，衝出去找我。我不在走廊，我媽緊張死了，下到一樓，小旅館無人值班，而玻璃門半敞開著。我媽說她從來沒有那麼害怕過，外頭好黑，她只走了一小段路，四周看不到我就回頭，用櫃檯電話報警，也打了老闆貼在玻璃門上的緊急電話。大家拿著手電筒合力找尋，這個從沒有離家出走或逃跑紀錄的國二女生。

二十分鐘後我就被找到了，我睡在客運站的長凳，被叫醒時迷迷糊糊，赤著腳。眾人安慰我媽：是小孩做夢夢遊啦，可能是白天玩得太開心、或是最近學校壓力太大，沒事就好。我媽問我為什麼跑出來，是不是夢到什麼？我什麼都不記得。

我們又一起回去旅館房間睡了。這次，我媽把單人床併過來，把我夾在她和周盼中間。我媽說她完全沒睡，而我一夜好眠。

天亮，我們退了房，就回台北了。我後來才知道，我媽害怕在我消失的二十分鐘內，可能已經被強暴了，所以急著帶我回台北去醫院檢查，確認我完好無缺。過幾天她請同事介紹厲害的廟，又帶我去收驚，我覺得她應該比我更需要。

一個老婆婆用我的衣服包住裝著米的碗，在我身上揮揮畫畫，像要將什麼凶惡之物吸附出來，最後打開衣服，依浮出的米相判斷，是交通上受驚。我們想起那天卡在公車裡的機車，但我堅稱我不怎麼害怕啊，老婆婆還是開了符水，要我媽讓我連喝三天。老婆婆幫我們看了手相，說我會結婚生子，說周盼責任太重，不會嫁，才讀小學五年級的周盼哇的一聲哭了起來。老婆婆最後很慎重地對我說：妳不要想到什麼就說什麼，因為妳說的話很可能會成真。

那晚睡前，周盼很害怕地告訴我：妳記得那天下公車在路上走著時妳說了什麼嗎？我不記得。周盼說，妳跟我說：我覺得那個人已經死了。我摀著嘴巴恍然大悟，所以妳的意思是那個人可能本來沒有死，被我一說才死掉，所以他要來找我嗎？

我嚇得好幾天不敢睡覺，最後才跟我媽說。我媽又去找了那老婆婆，雇了台計程車，母女三人和這個慈眉善目的道教老靈媒一起回到那條山路，燒了冥紙，作了法。老婆婆要我對著西邊斟三杯酒跪拜說懺悔的話，我說我不會說，她說那就說阿彌陀佛。雖然我們一點都不確定那機車騎士到底是死是活。

神奇的是，到生品崔之前，我再也沒有夢遊過。但我媽堅持要我睡在她和周盼中間，一直到我高中畢業。有時候我覺得彆扭或擁擠，一個人跑下床去睡地上，醒來時，我的一隻腳就被綁在床腳。後來我實在受不了，乾脆自己抓著棉被跑去睡沙發，醒來時，長茶几總緊緊貼著我。

我媽終於放心，我可以睡回自己的房間之後，半夜起來上廁所還是會撞到她堵在門口的椅子，手腳經常這兒那兒瘀青。

我媽幫我設下重重關卡，說：這樣撞到的時候妳才會醒。

有天我媽不在，正好要換瓦斯，我在她抽屜裡找錢時，發現了那個她本來要透過梨山友人帶去給我爸的信封，封口沒糊上，我忍不住好奇，打了開來，是一式兩份的離婚協議書。

所以我的突發性夢遊症是為了保住我爸媽這有名無實的婚姻？我搞不清楚，但我知道至今艾凝嬌身分證上的配偶仍是周文官。而那天我快速把信封恢復原狀時，還可以聞到那股牛皮紙被奶油餅乾緊緊箍住的怪異油香味。

5 義大利大廚來我家

我沒有夢遊，但在國三時又搞出了另一件事。我一個人跑到客廳躺沙發睡，半夜，我媽和周盼被我的聲音吵醒，我嗚嗚哇哇地大聲說著夢話，全是她們聽不懂的話，一次說了半小時，一連三天。跟上次一樣，我自己完全不知道發生什麼事。第三天我要周盼跟我一起睡，準備好錄音機，我一開口她就錄下。

隔天早上，我們倆一次一次地聽。應該是外國話，但不是英語，有些捲舌發音好好笑，我們像在聽語言學習錄音帶一樣學著念，一邊哈哈大笑。周盼提議帶去給她的英文老師聽聽看。那老師輔修義大利文，還去歐洲流浪過一年。老師斬釘截鐵地說，是義大利文，而且，每一段都是菜名。老師帶我們坐了好久的公車去大書店，找到一本義大利原文食譜，翻開，一頁頁圖鑑式各種麵的形狀、各種醬料的做法，她說，我念的就是這些東西。

是我被義大利大廚的鬼魂附身了嗎？這回收驚阿婆沒有答案，一樣讓我喝了符水。我從此沒再說義大利夢話。

周盼那時已是品學兼優的好學生，每學期在圖書館借書本數全校第一名。她有天很神祕地帶回一本前世今生實錄，每篇都是投稿的真人真事，她翻到一篇，西班牙小男孩住在我身體，像醫師診斷般地說：我覺得妳是屬於這種。

文章作者是一個美國少婦，新婚之夜突然不見人影，她老公衝出去時發現她走在安全島上，她這時才知道，獨居那幾年為什麼明明每晚睡前洗過腳，早上起來腳底都是髒的。有個晚上她坐起來，開始嘰哩呱啦說著西班牙文，他們詢問鄰居，得知這屋子的前任房客是一個西班牙家庭，五歲小兒子在泳池溺斃，一家人承受不了傷痛，搬家了。

但這少婦與她丈夫不打算搬家，他們覺得，既然這小男孩不具傷害性，那就好好與他共處。她最後寫著：我有好愛我的老公，夫復何求？他每天晚上都會輕輕地吻著我的太陽穴，大手輕輕在我背後摩挲……後面像是排版錯誤把黃色小說排進來了。

這什麼東西嘛！我丟回給周盼。

妳不覺得妳從小就對食物很有天分嗎？說不定就是義大利廚師在幫妳啊！我妹說。她拿起書，唸著：身體像房子，本來就會有一任一任的房客。能跟上一任房客好好共處，是我們要學習的智慧。

我白了我妹一眼：那他為什麼不去住妳家？

但我把整本書偷偷看完了，為的不是那些前世或附身的故事，是為了看那些拼接在後面的情色橋段。每一個離奇的夢遊或附身事件，並沒有什麼驅魔降邪的案例，最後都是因為遇到真愛迎刃而解，修成正果，最後兩頁都在床上。

我想哪裡來這麼多奇人異事，作者根本都是同一個人吧。

6 大余與周期

凌晨，樓上與樓下，前面與後面皆安靜無聲。我必須寫出院後的日誌，轉頭看鐘，起床：凌晨五點半。大余不讓我動，他眼睛沒張開，把腿跨上我的腰，說：再睡一下。我說醒了就不再睡了，他說那我們聊聊天，我們好久沒聊天。我沒有什麼想跟你說，我說。

大余說，那就讓他說芒果的故事。那是品崔從三歲到現在每天都要聽的故事，昨晚她睡前也還說了一次。

我知道他要說什麼。那是我們第一次見面那天。我二十四歲就在一家高級西餐廳當二廚，大余是食材行的送貨員。下午休息時段，我坐在餐廳廚房後門外面地上剪腳指甲，貨車開進來時，我正剪到左腳最後一根腳趾，一抬頭，不小心剪得太深，流血了。大余丟著貨與貨車不管，一溜煙不見人影。他跑去便利商店幫我買了ＯＫ繃。我笑了，我說這兒是廚房，一定隨時有急救箱啊。他跑得大汗淋漓，卸貨後，我削了一顆冰涼的芒果給他吃。芒果的故事，結束。

品崔聽到妳剪指甲流血就會格格笑不停，大余說。為什麼？因為知道她媽是個天兵嗎？我問。不是，是因為我告訴她，我從那一刻開始就愛上馬迷了。

我不說話，裝睡。大余沒輒。這是那件事發生後，我們的相處模式。他吃完那顆芒果之後我們開始交往，一年後結婚。大余比我還大八歲，是個無家之人，結婚就像搬家一樣簡單，沒有儀式與宴客，沒有公證或登記，他搬進我們家，告訴周圍好友說我們是夫妻了，也去了蜜月，但其實沒有法律效力。我們好過的，在前面幾年，經常開著貨車到處露營，三天兩夜就繞完一圈台灣。但接著就發生了那件事。

那件事上了社會新聞。原文是這樣：

前天深夜一位余姓貨車駕駛與情婦在貨車後面嘿咻，貨車停在路邊，被陳姓男子駕駛的自小客車撞上，當時正好男上女下，余姓駕駛被撞得飛出去，頭部受到猛烈撞擊，全身光溜溜的情婦M小姐竟然圍了睡袋，把貨車門打開，跳下車與陳男理論。陳姓男子表示，他當時是為了躲避一台蛇行的機車，才不慎撞上貨車，他願意負起該負的責任。余姓駕駛送醫後診斷為輕微腦震盪，已無大礙，而他的妻子聞訊趕來時，才知道丈夫劈腿，但余妻不甘示弱表示：「我們以前也那樣做過，只是今天剛好不是我。」

我們以前也那樣做過，只是今天剛好不是我。對，這句話是我說的，我對那女的說的，大概被醫師護士或警察聽見，轉述給記者，就這樣上了報。反正沒人知道余妻叫做周期。

我到醫院時，那女的坐在大余旁邊。他們已經領好藥辦完手續坐在長椅上，輕鬆得像只是等我一起去吃宵夜。我說完那句話之後，M女竟然沒有反應，大余也不說話，我決定整晚都不要再開口。沉默了三分鐘，大余說：可以出院了，好餓。

我們在醫院後面吃麻辣鍋吃到飽，M女，好自然，也一起來了。她一看就知道不是台灣人，是嫁過來的印尼或越南人，不年輕了，看上去還比大余大幾歲，但好樸素應該也不是妓女。我當然知道大余有這種魅力，他的爸爸是英國人，媽媽排灣族，雖然我都沒見過，但大余長得就是深輪廓的種馬樣。

我們三個人沒說一句話吃完一頓麻辣鍋。第一次水滾，大余涮好牛肉夾到我碗裡，我夾還給他，他也就識相地不為M女服務了。吃飽後大余去買單，女的拿了包包，一個還有點品味的籐籃編織大包，眼睛沒看我，對我微微欠身表示告辭，就走了。

嘿咻嘿到腦震盪，這比剪指甲剪到流血還天兵一百萬倍。那時我便很確定，我和大余是兩個不知道自己在幹嘛的人，在一起了。

我請他去找房子，找到就搬出去。但是，我發現懷孕了。為了肚子裡的小孩，讓他留下來吧。這句話應該是我媽說的，我被說服了。但我與他分房睡，不看他一眼，不叫他，產檢不讓他陪。

懷孕期間我才聽我媽說，其實她一點都不在意我和大余的婚姻怎麼樣，她只是覺得，家裡有個男人比較好，她把大余當家人了。的確，修馬桶、換燈管、清庭院，這些事大余都很勤快，我想這也是為什麼我不在的這四年，大余可以繼續以房客身分留下來。

妳睡著了嗎？大余問。我嗯了一聲，表示在聽。他說，我和潔西從沒發生過關係，妳記得我跟妳說過我在印尼有親戚吧？潔西是遠親，算起來是我的姪女，她想來台灣，所以我幫她，她幫我，我不會亂來。我們談好，等妳出來……等妳回來，她就可以離開了。

出來，回來。我知道我的家人們也一直迴避著將來可能成為家庭創傷的名詞，例如周盼說接我出院，而不是說出獄。

我還是被判刑了。法庭上，好多人都出庭幫我作證，我媽去請來心理醫師，說我第一次發病是因為遭父親遺棄，第二次發病是因為被丈夫背叛，都在心裡留下不可抹滅的傷痛。法官沒被說服，理由是比起社會上其他人受到的打擊與傷害，我這實在不算什麼。沒錯，我也認同他。被害人律師說我可能會去校門口潑硫酸，可能會拿著菜刀在我服務的高級餐廳亂揮，我是一顆不定時炸彈。對，我也同意。

我媽說醫院不乾淨，我一定又是生產完身體衰弱，一時倒楣被附身了。比起我這些一時倒楣，我其他時候，都算過得不錯，對吧？例如現在，有一個不怕被我砍一刀的男人，抱著我。

可是，品崔捨得讓她走嗎？她們看起來好像很要好。我的聲音不知不覺溫柔了，我也不知道為什麼。

我讓品崔叫她潔西姊姊，之後潔西姊姊還是會常回來找她啊。大余把拔說。

嗯。我的聲音有點哽咽，但眼睛很乾，流不出淚水。大余從背後伸手摸摸我的臉，那是他以前常做的動作。兩個人關了燈在床上鬧口角，不說話，他快睡著時會摸摸看我臉上是不是濕濕的，我每次都裝睡。

啊，好香。我聞到樓上飄下來一陣濃郁的蛋香，是印尼傳統的千層蛋糕。一條蛋糕裡，秘訣無他，扎扎實實三十顆新鮮蛋黃加一盒奶油與一杯糖，一次只倒薄薄一層在烤盤，烤五分鐘，拿出來，再上第二層蛋液。如此，一回一回，一直到疊起蛋糕的厚度。

大余知道我愛吃，我知道這是他請潔西為我做的。我閉上眼睛，模擬著潔西做到第幾層，烤箱噹一聲，她戴上手套拿出烤盤，一層烤得金黃油亮，再倒下一層，兩層接縫處微微焦化，會透出自然的琥珀光澤……一直到我聽到樓梯口的門被打開，蛋糕的香氣流瀉下來。

是潔西的聲音，輕柔而清晰。她對品崔說：拿去樓下給馬迷啊，乖。

04 哆啦A夢

不妙！不過才幾秒鐘，她的背留下了鐵椅的蜂巢狀壓紋，而且十幾二十分鐘過去，皮膚都沒有回來。儘管品味不凡，身材維持穠纖合度，皮膚已離棄了她，進入鬆弛無彈性的後中年。

A 鏡子男

開始去接受這個什麼鬼療程完全是我妻子的主意。「我們之間出了很大的問題，你總是只在乎自己！」為了證明自己是能夠給予、願意讓步的，我答應為她做一件事，而且會做到最好，不放棄，不中斷。於是這個什麼鬼諮商師進入了我們的生活，一週一次，一次一小時，一小時花掉我不只一日所得。

而諮商師的任務是什麼呢？幫我們找出問題，從病灶下手，摘除、修復、重新開始。終於在第七次治療時，結婚十八年的妻子在我與這個長得有點像哆啦Ａ夢的矮胖男心理師面前，像挖除一個深層黑頭粉刺般，毫不羞赧而暢快地說出：「做那個事的時候……」

（哆啦Ａ夢打斷：「您是指做愛嗎？」妻子點頭。「那麼請說做愛，不要害怕。」）

「好，做愛的時候，我先生總是喜歡從後面來，而且一定要把我押到梳妝台前，我趴在桌上，他就一直看著鏡子裡的自己。」

幹，這不是很刺激嗎？我錯了，我得到的處罰，喔不，是處方，是：連續七次，和妻子做愛時不准看鏡子，不管誰上誰下，誰前誰後，都要盡量保持眼神交會。我為我自己辯解：你去看看統計，結婚十八年有多少男人已經不跟自己老婆做！我已經是模範人夫了！「你看！老師你看！他又來了！他的自我又來了！」妻子像個小紅衛兵對我吹哨子。

很好，做愛需要老師，夫妻相處需要老師，為了增進生活幸福美滿需要老師。現在，我站在浴室的連身鏡前，把脫得精光的自己從頭到腳看一次，沒錯，我是覺得自己很帥，感謝他媽的全台各地週週有路跑，讓我把身材維持得很好。嗶嗶嗶，不要再只看見自己。治療果然有效，我身體已內建警示音效。但沒有用，我的視線離不開鏡子裡的自己。

扣扣扣，妻子不斷敲門，她已完成她的處方：買一件丈夫意想不到的情趣內衣，灑上新味道的香水。扣扣扣，嗶嗶嗶。我打開門，與她眼神交會，我努力看進她黑眼珠裡的那個我，那個小小的我。

B 朵拉

我二十三歲時在巴黎立下了人生目標。

那時我為了躲避他的追求，領出所有存款，一個人跑到歐洲旅行。我不是討厭他，而是，我還不曉得自己想要變成什麼樣的人。我也不知道為什麼這樣就要跑去歐洲，反正我那時處在一種，人家問我什麼，我都會說不知道的狀態。

要吃什麼？不知道。頭髮要不要燙？不知道。咖啡要加牛奶嗎？隨便。

從阿姆斯特丹到巴黎，看見簡單穿件白Ｔ恤、淺色破牛仔褲、頭髮隨意盤起的女子，就在心裡想：我想要變成她。過兩天又看見穿著麻布無袖洋裝，牽著好可愛的小女孩，挽著一麻袋蔬菜水果的少婦，又想：不不不，這才是我想要的生活。

而就在拉法葉百貨對面的露天咖啡座上，我終於看見我心目中的完美形象。我當時好餓，因為我餓了好久，在周圍繞了好幾圈，卻不知道要吃什麼，腳已經瘦到要斷掉。十四歐元的午間特餐薯泥油封鴨送上來時，我狼吞虎嚥，但我漸漸放慢速度，因為我想好好不動聲色觀察她。她已四十好幾，穿著露背碎花洋裝與平底繞踝涼鞋，叼著菸，翻著一份書稿，專注在上面圈點畫記，已至少喝下三杯 espresso。

她像是完成了工作，拿手機和朋友聊了五分鐘左右，好率性地往後一靠，撥頭髮，太有魅力了！我看著她那略佈雀斑的白種人的背離開網狀鐵椅，不妙！不過才幾秒鐘，她的背留下了鐵椅的蜂巢狀壓紋，而且十幾二十分鐘過去，皮膚都沒有回來。儘管品味不凡，身材維持穠纖合度，皮膚已離棄了她，進入鬆弛無彈性的後中年。

我突然急切地想念他，他從不說甜言蜜語，但在我們第一次發生關係時，他摸著全身赤裸的我，說：「如果有一天妳比我先走，答應我，把妳的皮膚捐給我，我要用來做一張沙發。」我當時想，老頭，你已經五十歲了，我要比你早掛，這機率很小耶。

但在巴黎陽光燦爛的戶外鐵椅咖啡座上，想起他這句話，竟讓我全身都起雞皮疙瘩，我用手掌來回在手臂小腿上撫了撫，很好，皮膚很快恢復平滑潤澤。我立下了人生目標：一，我永遠都不會讓鐵椅在我全身任何一寸肌膚留下壓痕。二，我要嫁給他。

回到旅館，打了越洋電話，對著這個年紀比我老爸還大、而身高只到我耳朵的老頭哭哭啼啼，說我好害怕。他馬上飛來接我。我們結婚，至今十多年，我不用工作，不用生小孩，唯一職責是顧好皮膚，凍齡回春。偶爾，我送一盒切好的有機水果到他診療室去，順便享受一下當醫師娘的光環。我知道許多護士和病人在背後叫他哆啦A夢，但我無所謂。是他讓我有了光。我有好愛我的老公，夫復何求？他每天晚上都會輕輕地吻著我的太陽穴，大手輕輕在我背後摩挲……

偶爾，我們在那張無數病人坐過的沙發上，頭靠著頭，什麼也不做。他會一次一次，用充滿憐惜的語調問我：「妳那時在巴黎哭得那麼傷心，是在害怕什麼？」我的身體鑽進他懷裡，視線卻總不知不覺掃向昂貴牛皮沙發死角縫隙裡的陌生皮屑，說：「是，時間。」

C 雷克斯

她又來了。

我對這樣的流程已經麻痺。到百貨公司樓梯間倉庫般的管理部門，接受問訊，然後把她帶回家，不，只是把她領離現場，讓她自己回家。（開場白：你是她兒子嗎？不是，我是她女兒。哦哦，對不起。沒關係。）

接著解釋她為什麼到美食街點一碗越南河粉，或一客韓國石鍋拌飯，總要吃到最後，端著托盤到櫃檯，說裡面有頭髮，有蟑螂蛋，要求退費。「對不起，她跟我父親離婚後精神就不太穩定，請您們可憐她，高抬貴手。」

百貨公司名聲要緊，息事寧人要緊，我一次一次，把她平安地帶回來了。我不會多說一句話，我知道這是她報復的方式：找我麻煩。

用我的女朋友（那好機伶古怪的永遠的小女生珊珊）的哆啦Ａ夢人物類比方式，可以最快說明我家的複雜關係。我爸是圓滾矮胖有求必應的哆啦Ａ夢，我媽是枯燥乏味平板嚴肅的大雄媽媽，他們希望把獨生女我養成靜香，但是我卻長成胖虎（好大一隻胖Ｔ）。我的高中同學朵拉，是個嬌滴滴軟綿綿的公主病重度患者，恨不得把自己一生活成羅曼史或黃色小說，大學四年為四個不同的男生割腕，是我雞婆，透過我們彼此熟識的同學，介紹她來我爸診所心理治療，結果才知道病最重的是我爸，朵拉療癒了他，並且成了我二媽。我媽成了在美食街遊蕩的失婚失神中年婦女。

她今天又創下了經典，不是挑蟑螂腳或頭髮，而是在一個素食自助餐廳的餐台上，拿著夾子，把每一樣菜翻過來翻過去，如果一盆地瓜葉有三百片，她就翻了六百次，後頭拿著托盤排隊的人全堵在一起。

「人之常情，情有可原。」那位經理說，他們可以理解客人潔癖或挑食，但是不能影響到其他客人。不知道為什麼，當他們看到，是我這樣一個穿著格子襯衫牛仔褲的胖T女兒前來領取精神有異的母親時，臉上就會浮出通情達理的神情，好像自動腦補，自動想像出一幅畸零家庭圖景。對啦，人之常情，情有可原，我複誦著，心裡卻想著：屁咧，我家這麼多元也是人之常情嗎，說出來不嚇死你才怪。

要了解一個家庭有多麼多元，只需要問一句：你們過年怎麼過？

除夕夜，我的原生家庭（爸爸、媽媽與我）還是回去爺爺奶奶家吃團圓飯，因為據說我那九十歲的祖父母仍認我媽是唯一媳婦。初一，我會和珊珊回她家。他們才是真正通情達理的一家，珊珊她媽驕傲告親戚曰：「我的女婿是個女的，我的孫子是一群流浪狗。怎樣，電視劇都編不出來齁！」初二，我偶爾還陪我媽回去她那姊妹眾多的娘家，我爸當然陪他嫩妻回那個娘家發紅包。初三開工，我差不多又要有心理準備，等著接電話，去百貨公司接我媽了。我跟我爸說過我媽的狀況，他只說了三個字：要吃藥。

我媽是個執著「如果不是……，就不會……」句型的人，她堅信如果不是我把朵拉介紹到我爸診所，她跟我爸就會白頭偕老。所以人是我殺的。她因此曾經派出我去和我同學朵拉談判，這種很像是娘家某位大姊頭應該出來喬的場面，她竟要她的女兒去。我應該拿出一皮箱現金，或一棟房子的所有權狀當作勸退小三的交換？沒有。我只跟她說了一句：難道，妳不怕我爸是蘿莉控？還會再喜歡上更小的？

我的二媽同學露出一派天真少女的神情，眨眨眼，說：「那，我就讓自己永遠是個蘿莉啊。」

媽，妳輸了。我回去跟我媽說，他們是真愛。

自從我懂事、且坦蕩磊落自在出櫃以來，我媽唯有一次，很幽微地，面對了我喜歡女生這個事實。她問我：「你們……也會喜歡她那種女生嗎？」你們，指的是廣大的Ｔ眾，她，當然是朵拉。

媽我們也是有挑的好不好？我不確定這樣回答會不會讓她好受一點，所以我還是正經而客觀地說了：「她不是我喜歡的類型，但還是有人會喜歡。就像你們一樣。」

我媽問我和珊珊已經在一起那麼久，會不會一直長久？我說：沒有意外的話。就像你們一樣。

D 珊珊

雷克斯說我有一種把悲慘的事說得好笑的天分，所以每次她的故事都由我來講，我每次講自己還是會笑到肚子痛，旁邊的人不知道是被我感染，還是因為我說得真的好笑，總之我們會笑成一團。我知道雷喜歡我這樣，我也喜歡。

雷克斯的中文名叫做陳蕾，就是她父母大概希望她長成花蕾、蓓蕾、林熙蕾，那種很女生的樣子。可是她從讀幼稚園開始就不愛穿裙子，她爸請她在英國讀書的姑姑，幫她買了好多漂亮小公主洋裝寄回來，她就是不穿。她媽就安慰她爸說，沒關係嘛，我們穿褲子，也可以穿得很帥氣、很時髦啊。所以，讀國小時，每周三的便服日，陳蕾就穿上昂貴的名牌童裝白襯衫、格子短褲、小西裝外套，搭上白襪和皮鞋，十足英國貴族小學生樣。但是過沒多久，一個打扮得跟她一模一樣的台語男歌手出道了，而且名字發音還跟她一樣：陳雷。

她痛苦的生涯從此展開了，每個臭男生成天對她喊：偶速陳雷。歡喜就好。她爸媽為此幫她轉學，還幫她改名，變成陳芷蕾。但這並沒有幫助她女性化，她開始跟蹤喜歡的女孩子回家，有次為了爬到喜歡女生的房間窗前，徒手沿著公寓外的招牌鐵架，爬到二樓，腿上劃破了大洞，縫了好幾針。

她幫自己取了英文名字，Rex，雷克斯。她爸媽叫她蕾蕾，我和其他要好的拉子朋友叫她雷。

雷的媽媽是老師，爸爸是心理醫生，她從小到大都第一志願，但在大二的時候卻從醫學系轉到獸醫系。她對所有人說是為了理想，但其實我知道她是為了我。每次我這樣說時，她就說我臭美，說她真的是只對動物有感情，對人沒感情，除了我。我說那還不是為了我。

我們合開了雷克斯動物醫院，沒想到一家女同志獸醫院可以這麼有賣點。大概因為這些伴侶們跟我們一樣，不能有小孩，所以領養了小貓小狗。每次我這樣說時，她就說我一廂情願，有些人，例如她，無論愛的是男生或女生，都寧可養一堆動物也不要養小孩。總之，好吧，我們倆都愛這份工作。

雷說她認識我之前不相信世界上有這麼快樂的人，無憂無慮，無牽無掛，做什麼事都沒障礙，她到我家之後才發現我們全家都這樣。她說要做什麼，吃什麼，去哪裡，我都說好。因為我真的覺得沒有什麼不好。就像我告訴我媽，我喜歡女生，我和雷要一起開診所，我和雷要同居，她都說，好啊好啊好啊。

她常說我們的關係好到讓她覺得不真實，但我告訴她，我從不懷疑。就算有一天她說她愛上別人要離開我，我也會說好。

她說她不信，我說妳可以試試看。但我知道，她不會。

E　前妻

「循規蹈矩的好人不會是個好角色，只會成為好的前夫或前妻。」我的女兒蕾蕾 LINE 給我這句話，說是一位女作家說的。但我不認為我是個好人。

每次和他見面前，我都要花半小時對著鏡子裡的自己說：要鎮定，要冷靜，要和顏悅色，要逆來順受。

這是我的最後一張王牌，他九十歲的父母，我的前公婆。表面上，我在付出，離婚後仍然每天到他父母家去打理一切。事實上，我在利用這對老人家，時時提醒他責任兩字，時時讓他感到愧疚：如果沒有我前妻的犧牲奉獻，我的父母不會安享晚年。

今天是我們的結婚紀念日，我們約好去醫療器材行買行動馬桶給他的父母。我為此節食兩個禮拜，抹掉一條緊實實霜。我大可用網路購物，或要他打電話請人送貨，但我用沒有現場看貨不知功能與規格、買組裝好的比較有保障等等說法，拗到他沒有門診的時間，像要進行偷情一樣，約在器材行門口碰面。

我們走到哪裡都還像是一對夫妻，而一起去買馬桶椅，更顯得我們闔家和樂。這家店是我在網路上看評價選的，但是一走進去，那面對面吃著便當的老闆夫婦，卻好像和他很熟似的，站起來招呼他：陳醫師好。我不確定是他的病人還是朋友，也不確定他們是否見過那風騷的新任醫師娘，總之，他們彼此有點尷尬。我倒很享受這種曖昧，心照不宣的不明關係，我們得到的好處是，比優惠價再打九折。

他去開車，我和老闆及兩只馬桶椅在門口等候。我知道老闆猜測著我是陳醫師的誰，就算我是幫傭或看護，也必定和男主人有著不可告人的關係。我享受著。他車子來了，我故意像蕾蕾小時候那樣叫他：「把拔，把行李廂打開。」我感覺到老闆有一絲獲得八卦的欣喜，也許等下進去他就會跟妻子討論。

我們又合力完成了一件事。現在，後座和行李廂各有一張馬桶椅，我們一起往他父母家去。車上有我不熟悉的香水味，那又怎樣。

我問他：剛剛那老闆夫妻是你的病人？他說是，但基於醫德，他不能說他們是什麼問題。我說你可以隨便說，就當作是送我的紀念日禮物。

「他們做愛時，那丈夫一定要看鏡子。」我噗哧笑了出來，覺得他在調情。我看著他汽車導航面板上方那隻不斷點頭的太陽能哆啦Ａ夢公仔，慢慢把手伸向他的手。

05 葉妍玫

大 May 在旁邊淫浪笑著，喊著：「來啊！一起做啊！」他們把手機擺在一邊，毫不害臊地繼續做，小玫聽著兩人翻雲覆雨、忘情喊叫、髒字調情、身體碰撞、各自高潮，一直、一直聽到大 May 那句：「我現在是你的了。」小玫才掛了電話。

這個故事從一張臉書上的照片開始。

照片上的男人挺拔精瘦，穿著刻意年輕：石洗棉T加剪裁合身的牛仔褲，配一雙短靴，但臉上的線條並不掩飾年紀，嗯，四十好幾有了。重點是那身材，是狠狠練過的。而重點中的重點是，他原本完完全全不是這樣子。

這讓小玫叫出聲來，她太驚訝了。他們切斷聯繫時，臉書還沒有發明。但臉書這東西就像疏通浴室排水管的那一根萬能清潔鉤，伸進去攪一攪，所有沒見過的毛髮皮屑都會纏繞攀附上來。這張照片是這樣被鉤釣上來：「你可能認識這個人：FC Chung」。

看照片底下的回應串之前，讓我們先來看一下小玫現在呈現的狀態。她穿著哺乳型內衣，一掏奶就掉出來那種，上半身前傾四十五度。臉書配擠奶，是她這四個月來必須一日從事多回的主要活動，就連手指都已嫻熟地各司其職。右小指翹起，其餘九根手指與雙掌抓著一隻奶，來回擠壓，母乳噴洩至消毒殺菌過的保鮮盒裡。Mini iPad就擺在保鮮盒後面的架子上。

小玫用右小指外側滑了一下螢幕，看到底下的回應：「帥哦～」、「越老越帥哦～」、「脫掉！」FC Chung 自己回應：「謝謝大家，健身了一年多，總要有成效。最近才加入臉書，請大家多多指教。」

沒錯，是他的語氣。FC Chung，莊福全。小玫十年前在一家創意行銷企劃公司當總經理秘書，她剛畢業，對公司裡不分大小上下一律彼此叫英文名或中文名英譯縮寫非常不適應。大家直稱總經理陳海川為川哥，叫副總莊福全 FC。她連練習叫川哥都練了一陣，那些國高中英文課本沒出現過的英文名字 Leslie、Joseph、Claudia，她更是趁沒人時反覆練習咬字發音。

她讀完高職考二專又升二技，求學過程符合了父母對她的期待：乖就好。這三個字背後隱藏的大量訊息是：不會念書沒關係、沒高學歷沒關係、沒見過世面沒關係。除了乖，小玫唯一會收到的稱讚，是人家看到她名字的時候：「葉妍玫，哇，妳名字真好聽。」小玫會害羞地低頭。

川哥應徵她進來時也是這樣的。「葉妍玫，哇，妳名字真好聽。」然，下一句是：「有英文名字嗎？」她搖頭。川哥幫她取了音近的 May，但公司裡早已有個 May，長腿長髮密蘇里企管碩士，那個 May 就變成了大 May，小玫是小 May。叫著叫著，還是回到了小玫。

小玫住在台北車站附近的小套房，也是父母幫她打點好的，是親戚的房子。她上班第二天就跟大 May 和 FC 一起出差，去縣政府文化局提案，一個推廣閱讀兼文學獎的案子。FC 開車，大 May 坐前座，小玫坐後座。不過一百公里的路程，小玫就看到兩人相互以手摩挲彼此的大腿，不下三回。沒在怕妳看，那肢體彷彿這麼說。小玫裝睡，裝看窗外，裝沒事，褲底卻一片潮熱。

回來以後，大 May 就把小玫拉到茶水間，說了以下的故事：

公司裡每個女的都跟 FC 搞過，往來客戶中也不少。FC 在美國還有個分居但未簽字離婚的老婆，他每半年還得飛一次慰親。FC 的原則是只有他可以去女的住處，女的不准去他家。（「那如果女生跟家人住怎麼辦？」小玫問。「傻孩子，開房間哪。」）

女同事們之間流傳的暗語是：「我現在是你的了。」做完時一定要跟FC講這句，因為FC會露出像孩子般的表情，天啊！那神情真是太純真可愛了，不，不是含情脈脈或像見到了娘，而是他真的聽不懂。但這時通常是兩個人脫光光共蓋一條被，FC心想，這兒房子是妳的、床是妳的、枕頭被子都是妳的，但妳說我現在是你的了，到底什麼是我的？

他沒反應。有些女的不死心，再重複一次：「喂～我說我現在是你的了！」FC會說：「那我要說什麼？」這時女的可以說出所有要求，例如：「妳是我的小寶貝兒，我一定會好好愛妳保護妳一輩子。」FC會複述，要幾遍都可以。

「不過，請記住，」大May沉緩加重音調：「說出來不代表要做到，認真就輸了。」（小玫再問：「那這樣幹嘛說？」大May說：「傻孩子！爽啊！那就跟打虛擬實境線上遊戲一樣，只是我們打真的。」）搞搞弄弄三個月半年，大部分的女的就想走了，因為，暗語二：「他沒有愛人的能力。」

小玫不知道大May像交代工作般提示又提醒，是什麼意思。她想告訴大 May「我應該用不上吧」，骨子裡的自卑卻先發言：「他應該看不上我吧。」帶著一點少女的嬌嗔埋怨與酸溜醋勁。大 May 聳了聳肩。

一個月過去，小玫學會偷偷不動聲色觀察，全員加班時，哪個女同事會尾隨著 FC 下班；聚餐之後哪個女同事會藉口說順路與 FC 共乘計程車。既然都知道彼此的存在，還可以心得分享，何不做個班表、像登記會議室那樣算了，小玫心想，又想到，哦，不對，也許她們早就有共用的線上行事曆了，但小玫始終未被納入那個群組，FC 與她之間仍如長輩與晚輩，上司與下屬。

每週五是公司的牛仔褲日，那天大家可以衣著輕鬆。而每個月最後一個週五是分享日，中午全公司二十來個員工在會議室聚餐，外叫披薩或自助式點心，配幾打啤酒。每個人輪流發言。分享故事、心得、八卦、樂透明牌皆可。

小玫參加的第一個分享日，主要發言人是 FC，他說了一個落石的故事。FC 讀大學時和一群同學去秀姑巒溪泛舟，一條船八個人之中，有兩對情侶，就叫甲男甲女和乙男乙女好了，坐在前後，且因為兩側體重要平均，所以甲男坐在乙女後面，乙男坐在甲女前面。中途他們的船被漩渦困在山壁邊，划不出去，開著小快艇的原住民救生員喊著：「上面的大石頭很鬆，你們要趕快划出來！」救生員準備丟繩索過去橡皮艇，這時，一顆直徑超過五十公分的石頭掉下來了，正朝著乙女的頭落下，甲男在萬分之一秒以身體護住乙女，肩膀手臂被砸傷。

救護車來到最近的岸邊，四人上車，到醫院後雖然甲女照顧輕微骨折的甲男，乙男照顧輕傷的乙女，但四個人的關係已經開始變化。果然，不久之後，甲男和乙女在一起了，現在已經結婚生子。

FC說：「我並不是要告訴大家什麼命運的安排，還是什麼接受人生的轉變。因為，故事的後續是，甲男向乙女招認，其實自己已經默默喜歡她很久，只是不知道如何跟甲女分手，他一直在祈禱，不可抗力的奇蹟從天而降、助我一臂之力吧，我願意付出應付的代價。果然，這落石就打在他一臂之上。而乙女聽完之後，瞪大眼睛，說：天啊，我也是。我也在心裡喜歡你好久，這顆落石一定聽到我們的呼喚了。」

「所以，」FC最後下了漂亮的結論：「請大家持續對宇宙呼喚，讓我們下一季業績破新高吧！」

大家歡呼，川哥帶頭拿起啤酒乾杯，FC一飲而盡，小玫仰頭喝酒時隔著透明塑膠免洗杯一直偷看著FC，在金黃色氣泡與白色泡沫之間，小玫看見FC也在看她。小玫原本想，FC哪來那麼大的魅力呢？是長得比一般男人高一點，但肚子微凸頭髮微禿，穿著也很一般。然而，那一眼，小玫知道他的眼睛放射著一種訊息：跟我上床，保證妳會到另一個世界，那流著奶與蜜的妳是我的小寶貝兒我一定會好好愛妳保護妳一輩子的天堂。

她從那時開始對宇宙發出意念：「讓FC跟我上床。」她開始練習，如果成真了，她絕對不要和女同事們說一樣的話，她要把「我現在是你的了」，改成「你現在可以走了」。

「如果你喜歡什麼東西，讓它走，如果它回來了，它就是你的。」

這是川哥壓在桌子下的格言，小玫很喜歡。

但日復一日，小玫和同事們越來越熟，聚餐、唱歌、喝酒、同一路線共乘計程車回家（從沒和FC同車），FC卻一點暗示都沒有。一直到那個星期天早晨，她從警察局的偵訊室出來，門一開，FC坐在外面，她才猛然一驚，落石掉下來了。

這顆落石太大了。川哥把車開到河濱停車場，在車內燒炭自殺，沒留遺書，最後撥出的一通電話，是打給小玫。警察問小玫：「他跟妳說了什麼呢？」

星期六晚上，小玫正在小套房裡去腳皮，川哥打來，告訴她：「我家裡有點事，星期一不進公司了，妳跟同事們說一下。」老闆交代秘書，天經地義。語氣呢？「沒有，沒有異狀。」

小玫出來，發著抖，看見FC，抖得更厲害。FC拍拍她肩膀，說：「等我一下。」小玫等著FC，想著等一下他們會怎麼開始？

小玫上了FC的車。「妳可能第一次碰到這種事，不要害怕，該來的總是會來。」他臉色陰鬱，音調卻溫柔得很。雖然小玫很努力地往床上的事想，但她知道FC是在講川哥自殺的事，她在心裡默唸了一百次拜託。FC接著說川哥其實已經憂鬱症服藥多年，這陣子因為兄弟在談分家產的事，心情低落，所以想不開。車子到了小玫的家，FC沒有找停車位與她一起上樓的意思，一隻手還停在排檔上，準備加速離去。小玫開了車門，跨出了一隻腳，屁股還在副駕駛座上，小玫轉身，想要把手搭上FC在排檔上的右手，但就那一瞬間，FC豎起右手，揮揮手，說：「再見，好好休息。」他們的手在空氣中錯過，小玫的禱告仍未感動上天撼動巨石。川哥死了，與和FC一起上天堂，兩件事本來就不相干。

小玫上樓，安慰著自己：「如果你喜歡什麼東西，讓它走，如果它回來了，它就是你的。」小玫坐在床上，開著電視，魂不守舍。我到底有什麼問題，我現在很驚嚇很脆弱，很需要安慰很好拐騙，我二十二歲，沒交過男朋友，要比青春的肉體，我比公司那些姊姊們更有本錢。莫非他不碰處女？乾脆打個電話問大May好了。

她在腦裡反覆回想剛剛與FC首次單獨相處的二十分鐘，最後一個畫面是FC豎起右手，揮揮手，說：「再見，好好休息……」不，停格，倒帶，他底下還有一句話，他說：「有什麼事再打給我。」沒錯，是這樣。小玫想起來了，只是她那時碰不到他的手太絕望，所以漏聽了。重播一次，FC豎起右手，揮揮手，說：「再見，好好休息，有什麼事再打給我。」

對，我現在很有事，太有事了。我要你馬上過來。小玫這麼想，拿起手機，就撥出去了。十三聲鈴響後，「您的電話將進入語音信箱，嘟聲後開始計費，如不留言請掛斷。」小玫掛斷，重撥，她一連撥了三十幾通，都一樣。

這時，她突然念頭一轉，一定是他現在很驚嚇很脆弱很需要安慰，所以跑到女人的家去了。她撥給了大May，還來不及想要用什麼問候語開場，電話那頭的男聲直接拋來一句：「妳很想做愛對不對？」正正確確，是FC。

大May在旁邊淫浪笑著，喊著：「來啊！一起做啊！」他們把手機擺在一邊，毫不害臊地繼續做，小玫聽著兩人翻雲覆雨、忘情喊叫、髒字調情、身體碰撞、各自高潮，一直、一直聽到大 May 那句：「我現在是你的了。」小玫才掛了電話。

「你現在可以走了。」小玫自言自語，慶幸這句她的專屬台詞尚未被用走。她隔天沒去上班，此後都沒再去那家公司上班。用「被老闆自殺驚嚇到」的理由，請父母代辦離職手續。她回到中部老家，認認真真補習考公職，安安分分當公務員，兩年前，相親認識現在的老公，約會兩個禮拜後去開房間，三十歲的小玫終於不再是處女。結婚、懷孕、生下第一胎。

她有時在腦裡回想那通電話，想著會不會根本就是自己拼接出來的？有時回想更遠，想到與 FC 當同事的那幾個月，與大 May 的對話，其實那會不會也是她幻想出來？畢竟，她從來沒對別人說過，也與當時的同事完全斷了聯繫。但如果是這樣，此時此地，臉書又怎麼會跑來告訴她：「你可能認識這個人：FC Chung」，莫非我們的意念、妄想與記憶，也都被轉成檔案存在硬碟，直接傳送到臉書。

那麼，姑且當作臉書什麼都不知道，只是送來了一張身材很好的中年男子的照片，名字叫做 FC Chung。小玫也姑且當作什麼都沒發生過，輕輕按了「送出交友邀請」。現在，故事才要開始。

06 賴彩霞

克萊兒又看見了那塊路牌：「自由路一段」。她已經自由太久了，甚至剛剛她都泛起一點身體自由、情慾自主的念頭，就跟這精壯又需求量大的老帥哥做了吧，還有錢拿。

每個人的一生好像都會有個叫賴彩霞或是陳素珍這樣的國中老師。她教我們的時候大約是三十歲，可能新婚，可能結婚幾年終於懷孕，在國中三年求學生涯裡一定看過她穿孕婦裝，名師嚴厲與少婦光輝在她身上交錯著。

你可以看出她出身好人家，不然不會教沒幾年書就有高級新車代步。她的國語字正腔圓，大多教的是國文，但最強的是當導師，其他老師的小孩、民意代表的小孩都要透過關係擠進她班上。那個班整潔秩序比賽一定常拿冠軍，運動會上大隊接力、跳高拔河也不落人後，壁報比賽則是老師會花整個週末陪著孩子做，其實無論做什麼，就是要你不能輸。她也許還會說：「盡力就好，得失心不要太重。」但言下之意是：「只要你盡力，你就不會輸。」

這一路百戰百勝終於來到高中聯考（對，不論現在叫基測學測大考指考，我們那時就是只有一種：聯考），全班五十人（對，我們那時還沒少子化）可能一到三十名都第一志願，紅榜貼滿學校圍牆。平常比分數比名次的好學生們在那個夏天突然變成好朋友，一起騎腳踏車去看過幾次電影，也常一起到老師家吃披薩玩小孩。但隨著開學，各自開始各自的高中生活，漸漸杳無音訊，手寫的教師卡賀年卡也在高三那年終止。

克萊兒就有這麼一個，賴彩霞老師。她國一到國三的班導師與國文老師，而她必然也是賴彩霞教學生涯中印象深刻的好學生，代表學校參加國語文競賽、全校成績前十名。畢業後，她們一開始維持不錯的聯繫，主要是克萊兒的阿姨是那所國中的職員，總務處的出納小姐，所以她阿姨會跑來跟她媽更新一些賴彩霞老師的消息，她媽再跟她說。反之亦然。

她高二的時候，第一次文章被登在報紙副刊上，她媽還剪下來，護貝好，貼在卡片上，要她寫幾句感謝的話，請阿姨拿去給賴老師，克萊兒頭都昏了，要感謝什麼？可是寫字對她來說實在不難，就算覺得矯揉造作，不情不願閉上眼睛寫了，也就過去了。果不其然，賴老師又託阿姨轉交給媽媽一本余秋雨的書，故意俏皮地寫上：「這是我的新偶像，與心思敏捷的妳分享。」克萊兒一直沒認真看過那本書，日後離家上大學，就一直留在家裡。阿姨與媽媽好像很熱中這種傳遞轉運的差事，包括她高中畢業旅行去宜蘭買了兩包牛舌餅回來，媽媽都要留一包給賴老師，說：「這是我們家克萊兒的心意。」

其實克萊兒對國中生活厭倦得不得了，媽的每天齊步走、還要喊口令是什麼東西，那從早自習到晚自習一堂課一張考卷又是什麼地獄，她國中時每天循規蹈矩，品學兼優，只是希望不要被找麻煩，這勤奮上進的前段班只是她的跳板，對學生鞭策有方的賴彩霞也是她的跳板。上了高中，她就自由了。她永遠記得高中住校的第一天，爸媽幫她把單人床墊、枕頭被子、臉盆、漱口杯這些家當細軟安置在學校對面的學生套房，千囑萬咐了一些要小心要每天打電話，開車離去後，她一個人小心翼翼下樓，走出巷子，站在大馬路上，看著那綠底白字的路牌：「自由路一段」時，那種雀躍的感覺。對，她心想，我終於要自己走一段自由的路了。

她走得越遠，就越不想回頭看。

所以對每次賴老師贈送的優良讀物或上面印有靜思語的提書袋總覺

得礙眼，尤其那些寫著：「願繆思女神眷顧妳」、「不疾不徐，從容迎戰」、「璀璨前程由妳創造」的小卡，她覺得真是聳斃了。隨著上大學，時間終於發揮它的特性，克萊兒和賴老師之間如一條從兩頭拉開的麵糰，交接處越來越稀薄，終於斷了。

但是，在大一升大二的暑假，媽媽又從阿姨那兒聽來一個悲痛的消息。賴老師的導遊老公，帶著他們讀小學的獨生子去美國玩，結果小孩在飯店游泳池溺斃了。Jason，克萊兒還記得那小男生的名字。媽媽一直叮嚀她，開學時賴老師應該比較平靜了，寄一張教師卡給她。克萊兒雖然的確升起了一點同情，但社團啊、戀愛啊、夜遊看流星雨啊，這些大學裡的事情湧上來時，教師卡這種事當然很容易被遺忘。她想起時已是九月二十八日的深夜，從宿舍上鋪床位的鐵梯爬下來，開電腦上了網，選了一張電子賀卡，找到國中的官方網頁與賴老師的email，寄了過去。她從來不知道賴老師收到了沒有，聽說當年那些數位化建置都只是消耗預算虛晃一招，讓老師們去一天研習就以為他們全面升級了，其實很多老師連email怎麼開都不知道。

一年很快又過去了，這一年內由阿姨處得知的八卦包括：因為喪子之痛，賴老師與丈夫的婚姻觸礁，她先生會打她，她常常受不了跑回娘家去住。過了一陣子，學校教職員們竊竊私語，賴老師常被一台賓士車接送，那男的聽說是她的青梅竹馬，家裡開鞋廠，超有錢，卻很癡情，始終未娶。有天放學時，她先生跑來堵他們，一下車就給賴老師一巴掌，鞋廠小開上前揪住他衣領，三個人在校門口拉拉扯扯，警衛來把他們拉開。「唉呦難看死了。」媽媽說。那天，賴老師最後跟先生回家了。

「妳不要說人家閒話啦。」克萊兒每次聽完忍不住對媽媽說。「我們是在關心啊！」媽媽神回答。

克萊兒不怎麼關心，但日後這個畫面一直在腦裡重複著：被老公打了一巴掌，還是跟老公回家的賴老師，坐在副駕駛座，看著後照鏡裡的情人的賓士車，距離越拉越遠，賓士車與背後火紅的夕陽融成一片。克萊兒想像得太多次了，以致於把時間順序，直接連結到那個夜晚。

大三開學前一晚，九月二十一日凌晨。整座女生宿舍一千多人，被超級大地震搖醒，舍監拿著大聲公驅離每個學生。克萊兒和室友們穿著睡衣拖鞋，像遊魂一樣，魚貫而出，一個挨著一個，到了大學校園的大操場。男生沒那麼乖，只有零星幾人從男生宿舍跑出來。有些情侶在人群中重逢了，一對對在暗黑無光的操場擁抱，遠處消防車、警車伊嗚不止。

克萊兒拿著她的生平第一支手機，Nokia3210，打給她的男朋友。手機完全不通，她跟著幾個女生去醫務室還是警衛室，排隊打電話跟家裡報平安後，又打內線分機到男友寢室，答案是男友想要留在床上睡覺，並不想跟她演出傾城之戀。但女生宿舍的舍監不准她們進屋，克萊兒回到操場，找到同寢的澳門妹，兩個人頭交著頭，像天鵝一般睡去。就在這時，隔壁寢室同鄉的學妹拿著隨身聽跑過來，對她說：「學姊！龍邦倒了！」

龍邦是他們那中部小鄉鎮少數的住商大樓，大部分人都還住著三合院古厝、或四四方方的獨棟透天厝的小地方，能住進那樣有管理員、有電梯感應卡的社區大樓，是件時髦的事。克萊兒認識的人裡面，只有一家。

賴彩霞老師一家。

於是，恍恍惚惚中，克萊兒覺得那是同一天的事。那個傍晚，賴老師被丈夫打了一巴掌後還跟他回家，兩個人也許還冰冷地面對面吃了晚餐，賴老師在書房批改學生作業時，還對著過世一年多的兒子照片流淚，而後與丈夫背對背睡去。接著，便天崩地裂。

「四樓以下都活埋了。」學妹補充。克萊兒記得，賴老師住在三樓。

克萊兒突然想實驗，她能否成功撥通手機，到那瓦礫煙塵之中。她拿著手機走到操場跑道的另一頭，一次一次重撥，聽到「無系統服務」就掛掉再撥，她不知撥了多久，突然，接通了。她屏息以待。鈴響了九聲，在要被接入語音信箱的瞬間，電話被接起了。

「喂。」是一個乾淨的男聲，周圍靜寂。

「請、請問賴彩霞老師還好嗎？」克萊兒只能直覺冒出這句話。

嘟嘟嘟。電話被切掉了。克萊兒呆住，看著天空慢慢變成透明的藍，天慢慢亮。「可以回宿舍了。」有人說。

開學第一天就停課一天。有一半同學跑出去玩了，一半同學擠在一樓交誼廳和地下餐廳看新聞。克萊兒假裝沒睡飽，在床上躺了一天，睡睡醒醒。

睡時重複著同一個夢：她回到國中母校門口，目睹了賴老師的拉拉扯扯三角戀，在賴老師坐上丈夫的車，即將從那種著兩排大王椰子的國中路開出去時，克萊兒跑到馬路中間，站成大字形，對老師喊：不要跟他走！

醒時則重複撥出電話給賴彩霞。老師關機了，沒再撥通過。

幾天後死傷名單出來了，龍邦大樓死了二十三人，賴老師的丈夫是其中之一。賴老師毫髮無傷，那晚，她沒有住在家裡。

聽說後來，她與公公婆婆、小姑小叔還為保險金與賠償金吵了很久。（消息來源：鎮上代書是阿姨的國中同學。）最終塵埃落定，一年兩個月內喪子喪夫的賴彩霞老師，離開了那所學校，不知去向。

「她有再嫁嗎？」克萊兒有次問她媽。

「這不知影了啦。」她媽回答。

「妳不關心她了嗎？」克萊兒長大了，學會揶揄。

「想關心也無地關心啊！」她媽神回答。

無地關心。台語，無門路、無管道、無空間、無權利、無資格關心的意思。克萊兒知道，這就是她和賴彩霞老師最終的關係了。

●

對故事來說，這絕對是個拙劣的轉場，但絕不是硬拗，好讓故事有個下集，而是，當通訊方式撲天蓋地，如一隻多腳海怪，不停伸出無數觸角，吸附你的通訊錄與生活，再咻地拋向雲端時，久別重逢，這四個字不再滄桑。

好，說白話文。大家都有過那種被小學或國中同學加為臉書朋友的經驗吧，交換近況兩句三句就乾到不行，以笑臉貼圖說掰掰。短時間內你可能看完了他兩個小孩從出生到幼稚園的成長照，知道他家族旅遊去峇里島住在哪家villa，知道他昨晚同事慶生去了哪家半年前就要訂位的燒烤店，知道他昨晚夜跑，跑了八公里。你們彼此按讚，彼此留下一些「看起來」字輩的留言：看起來很好吃、看起來很好玩、看起來很好看。

然後又有一天，你突然在臉書上看不到他了，點進去看，才發現你已被他刪除（可能因為哪次他說看起來很好吃的時候你沒回應），你們不再是朋友。需要再發一次邀請，把他加回你那朋友欄裡那幾千分之一嗎？沒必要。你們不再是朋友。

古希臘哲學家說：「你不可能踏進同一條河兩次。」意思是河水不停流動，你就算一分鐘後踩進同一條河，踩的也不是同樣的水了。臉書的出現讓人與過去生命中失散的人們有了第二次連結的機會，但時間流逝，你無法要求一切如故。

當克萊兒收到「賴彩霞」的交友邀請時，不知是不是受到那大頭貼上的一朵蓮花引導，腦中自動冒出「前緣未了」四字。那時她剛辭掉了房地產文案的工作，賣掉了房子車子，打算用清完房貸後剩下的存款，出國一年兩年，可能讀個短期外語學校，總之，來到三十五歲，無夫無子，只有一堆亂七八糟的舊情人，她想，也許來個毀滅之後的重生。「你們這種鮑，一定是一出國就被義大利佬把走，馬上就大肚子了啦。」克萊兒的閨蜜丹丹對她說。若是那樣，也好。克萊兒想。

就在她準備出國，把所有家當都搬回去老家頂樓的倉庫安置好時，與賴彩霞老師聯繫上了。臉書顯示，她們有四個共同朋友，都是她的國中同學。她忽想起，她已來到當年賴老師的年紀，三十五歲，那年賴老師喪夫喪子，而後也必定在哪重生了，不然不會又出現。

賴老師傳來的私訊沒花篇幅敘舊，也沒交代太多近況，言簡意賅：「我和我先生打算經營一家咖啡館，可以請妳幫忙想想文案嗎？」劃重點：「我先生」，克萊兒像村上春樹那樣自動點上三個小黑點。

她們來回傳了幾次私訊。龍邦大樓的廢墟在兩三年前被新建設公司買下，蓋成了新大樓，那建案名稱出自克萊兒之手：「朝顏」。文案是：

「沾著露水，迎向曙光，這是重生的喜悅。」那時老闆的指令是，反正不要讓人感覺這裡有倒過、有死過人，但是又要充滿希望。賴老師寫道：「有次回娘家時看到那看板，熱淚盈眶。後來才知道是妳寫的，真以妳為榮。」（怎麼知道的？一定是她媽→她阿姨→全村莊→全世界。）

克萊兒從火車站搭計程車循著地址來到賴老師的家。那是這城市房價最瘋狂的區域，名為七期，而賴老師住的更是七期裡的富豪社區。老師是嫁給了當年的鞋廠小開吧？克萊兒推理著。現在，她坐在正中間有個圓形熱帶花圃的大廳，看著玻璃牆上的瀑布，等著老師的印尼女傭來接她上樓。

身材婀娜曼妙、訓練有素，帶著高雅微笑，穿著亞麻布開襟上衣、繫繩深褐色長裙，與一雙原色皮拖鞋的女傭走過來時，克萊兒想，這是在琉璃工房或食養山房吧？女傭伸出手，大方與克萊兒一握，用英文說：「我叫蜜雪兒，madam。」克萊兒故作鎮定，用英文回：「叫我克萊兒就可以了。」

蜜雪兒帶她穿過花木扶疏的中庭，她忽有錯覺，蜜雪兒會幫她在耳鬢插上雞蛋花，先帶她去做個ＳＰＡ。搭上指紋感應電梯，她終於進到賴老師的家。克萊兒失望同時，竟也鬆了一口氣。他們家最高檔的配備是那氣質可比茶屋女主人的外傭，其次是大樓那好比曼谷百年飯店東方文華lobby的接待廳。進到屋內，便回到現實。屋子內部裝潢與氣氛，皆像路邊你不會想看第二眼的精舍，而彩霞老師更平凡得像個來精舍祈求兒子金榜題名或小三退散的陰鬱婦人。但明明她才是女主人。

她們在和室坐下，蜜雪兒彎身送上茶時，克萊兒看見她從前襟露出的豐滿半球，回過頭來，坐在面前的賴老師，實在平板瘦弱至乾癟。讀國中時雖然自己已經發育，但似乎不會去注意女老師的身材，現在回想起來，國一時的運動會，賴老師穿了學校發給老師們的運動上衣和短褲，戴了遮陽帽，遠遠看去，就像跑錯校園的小學生。

賴老師仍字正腔圓，向她交代行程安排：她們先聊聊天，等她先生回來，會帶她去看裝修中的咖啡館，老師因為對粉塵過敏，就不去了。

克萊兒真的想輕鬆點了，也許日後不會再見面，那麼白目一次又何妨？

「老師，那您跟您先生是怎麼認識的呢？」克萊兒聽見自己說。

賴彩霞像打開了開關，對著將近二十年沒見面的學生娓娓道出這些年的流轉。沒有，這位先生不是她那位鞋廠小開青梅竹馬。九二一之後，他們的確在一起了，但小開的爸爸胡亂投資，一夕之間家產全沒，房子也被拍賣。小開不得不到大陸的親戚工廠工作，賴彩霞跟著他去了，在崑山的台商子弟學校教書。過沒多久，就發現這小開是人面禽獸，到處拈花惹草，「我被他傷得遍體鱗傷。」賴老師對克萊兒說。

賴老師與小開分手，自己回來台灣，經朋友介紹，開始看心理醫師，是在診所認識了現在的先生。「他是醫生？」克萊兒問。

「不，他也是病人。」賴彩霞回答：「我們不該被說是病人，而是，是需要幫助的人。他其實是和他太太一起去做婚姻諮商，但他覺得沒用，跟我結婚後，他說癥結原來是換個人就好了。」

克萊兒瞪大了眼睛。這在她媽的辭典裡，叫做「破壞別人家庭」。

老師環顧了周圍的佛像和經文書法，說：「這也就是為什麼我們開始篤信佛教。他把所有東西都留給他前妻了，房子、現金、他們共同經營的醫療器材行，可是傷害仍然是不可逆的。妳知道什麼人需要宗教嗎？只有兩種人，被傷害的、跟傷害人的。」

賴老師的現任丈夫，是為了愛而孑然一身的窮光蛋。這豪宅是賴老師的父親留下的，她父親在三十年前就有獨到眼光，在這當初鳥不拉屎的地方買了好幾塊地，重劃之後成了田僑仔。她是獨生女，父親過世後，依遺囑和母親一人一半，母親卻要求要更多，「七十幾歲的人要那麼多房產財產做什麼呢？好吧，要就給她吧，反正我也夠了。」母女從此不見面不說話。

賴彩霞笑說她有時想想，自己的人生很不可預期嗎？這些房地產才真正是萬萬沒想到吧。

克萊兒看著被因緣聚散傷害得瘦小乾枯的賴彩霞老師，坐擁億萬豪宅、有了看似志同道合（一同念經嗎？）的另一半，但她身上似乎榨不出一絲一毫快樂了。她像個破了底的容器，喪子、不倫、喪夫、屋毀、被不倫、喪父、與母決裂、不倫、獲得財富與幸福，這些東西唰唰唰在十五年內流過她，什麼都沒留下。

「老師，您現在快樂嗎？」克萊兒又聽見自己問。

「就像妳寫的啊，沾著露水，迎向曙光，這是重生的喜悅。」賴彩霞背了出來。克萊兒羞赧得想要鑽進那升降和室泡茶桌裡。

●

克萊兒記得，當她讓蜜雪兒帶著，走出那貼著「慈悲喜捨」紅聯的大門時，一定轉身向賴老師說了「有空再來看您」，而賴彩霞也一定跟她說了：「下次再來玩」。但接下來發生的事，克萊兒知道，沒有下次了。

她們聊到末了時，賴老師接了先生打上來的電話，說車子在樓下等克萊兒了。克萊兒是很怕被等的人，匆匆借了洗手間，匆匆由蜜雪兒領著下樓上車了，也就是說，她上了一個陌生人的車。雖然這陌生人是她國中老師的現任丈夫。

「師丈您好。」克萊兒保持好學生樣。師丈已有年紀，但身材保持健美，天生輪廓深邃，先天優良後天努力那種，如果是完全的陌生人，在高鐵或書店裡看見了，克萊兒會不畏生地多偷看兩眼那種。但現在，她只能端端莊莊地坐在副駕駛座，雙腿併攏，把包包放在腿上。

時近傍晚，師丈應該要回家吃飯。克萊兒覺得這應該是個快速的行程，看完咖啡館，她便可自己搭計程車去車站，或師丈會客氣說送她一程，反正這市區並不大。師丈把車子開到交流道附近的空地，沿路跟她解說房價攀升與建案往外蔓延的狀況，他繞了幾圈，克萊兒開始察覺不對勁。

師丈說：「妳應該知道沒有咖啡館這回事吧。」

克萊兒下意識拉著開門的把手。師丈把車靠邊停了，前方是一個精品汽車旅館的招牌。

「我不會傷害妳，我是來幫助妳的。」

「幫助？」克萊兒不解。師丈緩緩把克萊兒的頭壓向自己的肩膀，很神奇地，她沒有躲，甚至有那麼兩秒鐘，她覺得她需要這一份輕輕的依靠。「妳知道張如心、紀宜君啊，她們也都接受過我們的幫助。」克萊兒彈起來，離開了師丈的肩膀。這兩位都是她的國中同學，賴彩霞的學生，她與賴彩霞現在臉書的共同朋友。就臉書顯示，張如心去年剛結婚、紀宜君已生兩個小孩。

是什麼與我結合就幫助妳消除業障、接近佛祖那種神棍騙色的鬼話嗎？師丈從皮夾裡拿出一張支票，開票人是賴彩霞。所以，顯然不是。

「我聽賴老師說妳要出國讀書，所以妳需要用錢吧？」

「這是援交的意思嗎？」克萊兒有時很感謝自己的白目。

「不能這樣說，妳需要錢，我需要性。賴老師知道我需求大，這是我們共同想出來的方法。」

「為什麼不找妓女？」克萊兒的手伸進包包裡，緊握鋼筆，用一隻手把蓋子推開。

「這是賴老師的意思，她說，既然要幫助需要錢的人，就幫助認識的人。而且，我向她承諾過，不會背著她在外面做任何她不知道的事。」

這也算忠誠了？克萊兒想起前幾天看的新聞，前總統的兒子召妓罪證確鑿了，支持者阿伯對著新聞記者說：「開查某也沒什麼啦，又不是沒付錢。」又想到一個朋友說過，她爸每次去大陸出差，她媽幫她爸打包行李時都會放進一盒保險套。

「如果我不願意呢？」克萊兒左手握著鋼筆，右手拉著門上的拉把。

「我會尊重妳，送妳回家，或送妳去坐車。」師丈沒有一點不悅，但接著是挑逗：「但我真的要告訴妳，妳很漂亮。」

喀啦。開門的時候到了，克萊兒跨出一條腿，師丈把支票塞到她手裡，說：「這是賴老師交代的，還是要給妳。」慌亂中，克萊兒不知怎地，就收下了，後來才想到，也許，是封口費。

她頭也不回地往前走，儘管一點都不確定這空蕩蕩的重劃區何時才會有一台計程車。她可以感覺到師丈的車掉頭了，開遠了，開進夕陽中。

她走了一段路，幸運地攔到車。計程車開過燈火明亮的新市區，過了條河，來到沒落凋敗的舊市區。過去好熱鬧的啊，她在這裡學會用一個便當的錢去買一塊精緻的小蛋糕；在周圍巷子裡的小餐廳學會分辨迷迭香與薰衣草的味道。克萊兒又看見了那塊路牌：「自由路一段」。

她已經自由太久了，甚至剛剛她都泛起一點身體自由、情慾自主的念頭，就跟這精壯又需求量大的老師哥做了吧，還有錢拿。但真正讓她打消念頭的，不是道德，不是潔癖，而是，忘了在哪本書看到的：做任何一件事之前，想想看若它變成明天的新聞標題，你能不能承受得起？

「退休女老師為屌獸丈夫拉皮條，從學生下手」、「師丈我還要，豪宅女教師為丈夫過濾性伴侶」、「念經兼摸奶，信佛夫妻不為人知的淫亂生活」……克萊兒並不想由此毀滅再重生。

克萊兒下了車，買了票，就像她上高中剛離家時一樣，過地下道到月台。她想到，不對，還有一個謎未解。她拿出手機打了臉書訊息給賴老師：「老師，我在九二一地震那個凌晨曾經打電話給您，是一位男士接的，您有印象嗎？」

電聯車還沒來，老師先回傳了：「有這麼一回事嗎？那晚我回去住娘家，沒帶手機。」

她們彼此裝作什麼事都沒發生。只有兩種可能，一是老師說謊，二是，那聲「喂」，是由被活埋在地底的前師丈發出。但都不重要了。克萊兒刪掉訊息後，刪除封鎖了「賴彩霞」。不，還有第三種可能，就是在那猶如地球毀滅、空氣充滿恐懼驚慌、所有信號相互干擾的末日凌晨，電話接錯線了。那聲「喂」，來自一個過去現在未來都不相干的人，就像我們一生中，都曾與無數的打錯電話的人交談過那麼幾個字。

這個下午，也是一樣的。在克萊兒一生之中的幾萬個下午裡，接錯了，拼錯了。「對不起，你找錯人了。」她欠賴彩霞及其先生這一句。

克萊兒回到家，把那張皺巴巴的支票攤平，夾進當年賴老師送她的書裡，放回架上。這些書已經二十年沒人翻過了，也許有一天它們也會被埋在廢墟中，也許有一天，這張支票會被發現，但那必定是很久很久以後的事了。

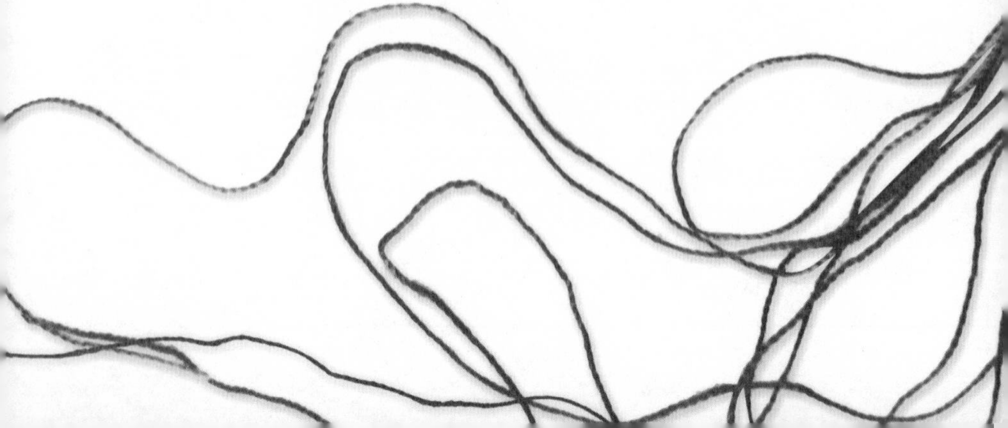

07 蜜雪兒

遠遠地，她看著馬路那頭的大余，停下腳步，從牛仔褲口袋裡掏出手機，說：「喂？你好？」蜜雪兒用印尼話說：「大余，我是蜜雪兒。」她說完眼淚流了出來。而她看到，大余整個人在馬路邊跪了下來，像是突然頭暈那樣。

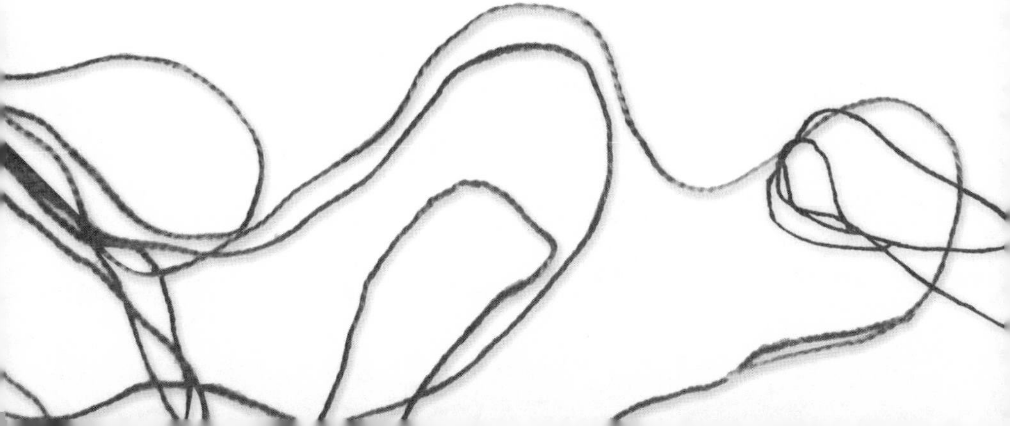

1

村長家是村子裡第一個請外籍幫傭的人家，聽說申請好久，一直不過。終於，村長夫人年初跌斷了腿，蜜雪兒來到他們家。他們對於自己挑選了個大學畢業的女傭得意得不得了，說菲律賓的卡粗卡黑，但印尼這個屬幼秀款，白白淨淨好有氣質。然而，他們還是做了所有雇主都會做的事，在蜜雪兒夜晚將抱去手洗的男主人褲袋裡，放了兩百元紙鈔，故意假裝是忘了拿出來的。隔天一早，蜜雪兒把攤平的兩張百元鈔遞給村長夫人，說：「是阿公的。」她通過了考驗，成為這大家族的一員。

大概是仲介、或是村長的兒子，幫她取了個老人家好叫的名字：「阿蜜」。村長夫人熱絡地叫她阿蜜耶。賣菜的三輪車來了，坐在電動輪椅上仍街頭巷尾東家長西家短的村長夫人，說：「趕快叫阮阿蜜耶出來買。」鄰居阿婆挑了兩扁擔菜，村長夫人好熱心，「唉呀，阿嫂，免這辛苦！我叫阮阿蜜耶出來幫妳擔回家！」

明明是吩咐指使她做這做那，卻喊得親得如孫女。例如：村長夫人也這麼喊我：阿蕙耶。對，她是我的阿嬤，我是村長家的孫女。

蜜雪兒來到家裡的時候，正好是我離家到市區讀高中的第一年，每個週末才回家一次。三、四個月後，蜜雪兒被帶走了，因為她的肚子大了起來。一時之間，各種流言在村子裡流洩開來，有人說是村長，就是我阿公把人家搞大了，有人說是我那看似比較敦厚的老爸，也有人說是我那久久回來一次的浪蕩子叔叔。而父子三人之中又以我爸嫌疑最大，因為我媽幾年前跟一個外燴廚師小帥哥跑了。

總之，最後流言又平息，大家共同整理出官方說法：蜜雪兒在印尼早就跟人家怎麼樣了，只是沒講，健康檢查也不小心漏掉。總之，她又被帶回了印尼。

算起來，我們的友誼非常短，且非常薄。我一週回家一次，扣掉準備考試沒回家，三個月內，我們大概只見過十次。但因為那「語言交換」

任務，讓我們變得比較親近。我讀的是以學生英文程度自豪、以學風活潑開放自傲的第一志願女中，而我來自四周是稻田的農村，英文聽說讀寫，靠苦讀還過得去。可是高一的英文老師，卻交給我們一個情境式作業：與一位外國人當朋友，學期中，錄一段與外國友人的會話練習，交錄音帶並聽寫下來。到了學期末，必須交一篇以「我的朋友某某某」為題目的英文作文。

那時是上個世紀九〇年代初期，我們還沒聽過上網交友，手機還跟磚頭一樣大。找老外，只能上街去找。

週六中午下了課，我和幾個住在市區的同學們，跑到兒童美語班去堵看起來很樂於助人的外籍老師，同學們好活潑地撲向前，英文嘰哩呱啦，我只是在旁邊傻笑。有個同學機伶發現美語老師人數根本不夠我們分，跑到旁邊小吃街，找到了賣沙威瑪的土耳其人。

我果然沒找到，沒分到。自卑感淹到了胸口，一個人默默地走向火車站。

「施文蕙！那妳怎麼辦？」我聽見那個找到土耳其人的同學叫著，我轉頭，聲音小得只在嘴唇邊：「我自己想辦法。」

我想到新生訓練時，梳著優雅髮髻的校長念出一長串傑出校友的名字，律師、政治人物，好多都是婦權戰士。果然，這所學校從高一就開始訓練學生，做自己。或者說，靠自己。但我那時認識的自己，就是一個農村的村長家的孫女，來到城市，就變成一個不起眼、不太敢說話的平庸慘淡少女。

那天，我回家，就遇見蜜雪兒了。她救了我。

同學們找的語言交換對象都是金髮碧眼帥哥，而我的是農村裡的印尼幫傭，我覺得羞恥嗎？老實說，一開始，有。但很快就不見了，因為蜜雪兒的英文實在好到不行，咬字清晰，幾乎沒有口音。

我的學期中作業拿到了全班最高分，因為錄音帶裡除了我和蜜雪兒的對話之外，還有我阿嬤偶爾台語插花演出，我則要不斷台語翻英語，英語翻台語。輪到我報告呈現時，錄音帶一放，老師和同學們聽得大笑不已，特別活潑的那幾個笑到拍手拍桌子，我在笑聲和掌聲中找到自信。老師總評曰：「這才叫做生活化。」

而就在學期結束前，蜜雪兒因為不明隆起的肚子，被遣送回去了。後來想起來，我阿嬤曾用台語叫我問她：「那個來的時候有沒有那個可以用？」女人的話題，祖孫無代溝，語言無國界，「那個」在台語發音為「黑」，我不費力把兩個「黑」拆解成「生理期」與「衛生棉」，再翻譯成英文，問了蜜雪兒。她笑笑地搖搖手，說：Don't worry. No problem.

別擔心，沒問題。原來藏在字面下的意思是：我用不著。

蜜雪兒離開後，仲介包退包換，又帶來一個阿秋。阿秋是老手，台語很輪轉，自然不需要我了。全家人與左鄰右舍很快忘記了第一代印傭阿蜜。

倒是我那篇期末作文，「我的朋友蜜雪兒」，因為結尾增加了分離的戲劇性，整篇情感馬上拉升，再次得到全班最高分，週會時還代表全班上台朗讀。但我記得我用簡單流暢的英文，給了蜜雪兒肚子裡的小孩一個合法的身世：「原來，她在印尼已經結了婚，懷了孕，才來台幫傭，現在她就要回去與丈夫團聚了，也許他們的生活會比較辛苦一點，但我相信他們一定滿足而愉快，我們全家都祝福她。」

一整個是自己演。這一演讓我當了三年的英文小老師，晉身風雲學生，不再是那個自慚形穢的村姑。

寒假時，我收到蜜雪兒寄到家裡給我的信，來自印尼峇里島。信封裡裝著一張卡片與一封長信，她用鋼筆寫的，兩頁優美而行雲流水的英文書寫體，不是印象中那種應該胖胖的東南亞字跡。

卡片上，她客氣地感謝我們全家的照顧，對沒幫我完成我的英文作業深感抱歉，因此，她把她自己的簡介寫成一篇文章，希望對我有幫助。但作業已經交了，而且，應付那三百字作文不需要這麼多資訊與故事，我讀完後，才知道這是一封毫無線索的尋人啟事。

2

我的名字叫蜜雪兒，今年二十五歲。我一生中最想做的事情，就是去台灣。

我出生在雅加達郊區一個貧窮的小村落，讀小學時，就和我媽媽去峇里島當女傭。她換了好幾個人家，她很勤奮，我放學後也會幫忙，所以主人都很喜歡我們。在我讀國中時，媽媽到了一個英國人家裡幫傭。他是一個人類學家，到世界各地考察，他在台灣的原住民部落駐點時，認識了一位美麗的女士，他們結了婚，生了小孩，一起來到峇里島生活。

他們的兒子叫 Dayu，年紀和我一樣大，我們每天玩在一起。騎腳踏車、游泳、看日落，我帶他去和我的叔叔學打鼓，我們大多時候用英文交談，他也學了一點印尼話。

有一天，我們在河邊，四周都沒人，我們笨手笨腳，但是充滿感情地，做了我們第一次的做愛。他說他會和我結婚，我也這麼覺得。

但是，他的爸爸愛上了當地一個很美麗的舞者。他爸爸決定拋棄他媽媽與他，帶著這舞者回去英國。Dayu 的媽媽很傷心，帶著他回台灣了。

他說他會寫信給我，打電話給我。但是我從來沒有收到過。我很寂寞，交了其他男朋友，也發生了關係，但我心裡最愛的還是他。

幾個月前，我終於成功去到台灣，在一戶很好的人家幫傭。阿公、阿嬤、先生都對我很好，我還交到了一個好朋友，A-huei。她是一個很聰明、且心地善良的女孩。但都怪我自己，出發前還跟男朋友做愛，不小心懷孕了。我被送回來印尼，但等我把小孩生下來，一定會再申請去台灣工作。

我想請我的好朋友 A-huei，幫我留意有沒有 Dayu 的消息。如果可以幫我找到他的話，我願意終身免費幫他們家幫傭。

3

我就是那個 A-huei。阿蕙。但我拆解不出來 Dayu，大魚、大禹、達育、達宇？然後呢？請我阿公去拜託縣議員去拜託立委，透過關係去查出入境資料？去比對這樣一個從印尼入境的男孩？

我什麼都沒做，連信都沒回。蜜雪兒後來又寄了幾次聖誕卡給我，表面上是問候與祝福，信末的「協尋 Dayu」才是重點。一樣，我都沒回，我等著她自己放棄我。到了我上了大學，嫻熟網路後，有次興起曾經在搜尋引擎鍵入「英國人類學家 台灣原住民」等關鍵字，找看看有沒有蛛絲馬跡，但全一無所獲。

蜜雪兒在我生命的意義，就是幫助我在高中階段從醜小鴨變天鵝。我大學畢業、又出國讀研究所，再回來時，已是十多年後。蜜雪兒又寄了一封信到老家給我。好像她篤定了，無論我如何遷徙移動，那個住址，總住著我的家人。

她用的是一個女子沙龍的信封，飄散著精油香，裡面有一張免費體驗券，和一封用中文打字列印出來的信：

Dear A-huei：妳還記得我嗎？我前幾年嫁來台灣，已經有了身分證，和丈夫離婚後，在台北這家沙龍當美容師，歡迎妳來體驗。我想跟妳分享一個好消息：我找到大余了！

她附上了名片，上面有手機。我用簡訊和她約好時間，再見面的時候，已是我脫光光，讓她在我背上抹油滑來滑去。我為什麼來了？是貪圖那號稱價值三千六百元的療程嗎？也許是吧。

蜜雪兒的國語好得驚人，而我隔著按摩床上那個洞，聽她講她如何與大余重逢。她說上個月，有天她下了班要過馬路等紅燈時，看到對面的停車格，一個貨車司機下車，從貨廂拿出小拖車，把幾個紙箱疊好，然後拉著拖車，準備過馬路。從那些細瑣的動作，她就認出來了，是大余！從他彎腰的樣子、走路的樣子就可以認出來！綠燈亮了，他們往彼此靠近，在最接近的時候，大余沒認出她，他們擦肩而過，她沒勇氣叫他。

她奔跑過馬路，跑到他的貨車前，她本來想，就在這邊等他回來。

但她看到擋風玻璃前有張「對不起，暫停一下」，上面有支手機號碼。

她打了，遠遠地，她看著馬路那頭的大余，停下腳步，從牛仔褲口袋裡掏出手機，說：「喂？你好？」

蜜雪兒用印尼話說：「大余，我是蜜雪兒。」她說完眼淚流了出來。而她看到，大余整個人在馬路邊跪了下來，像是突然頭暈那樣。

他們那天開始就在一起了，大余工作完就會來找她，他們開著貨車到處去玩。我說這真是浪漫的故事，我實在為她開心。

按摩做完，蜜雪兒假裝（或真的）帶下一個客人進按摩室了，只剩下我在那公主風的接待廳，接受店長的強迫推銷。我用也許還要出國進修的理由，推拖半天，才從那貴婦錢坑解脫出來。

為什麼我們就不能是單純的朋友呢？我只能選擇，再一次對她無情。幾次她打電話來，我不接不回，問候簡訊也一律不回，更別說那些「脈衝光買一送一」、「纖體晶亮煥膚」廣告簡訊。

幾個月過去，有天深夜，我接到她簡訊，用英文寫的：「我需要妳！

妳可以到××醫院來嗎？緊急！」蜜雪兒也許略有心機，但不致詐騙，不知為何，我嘆了口氣，還是穿好衣服，搭計程車出門了。快到醫院時，她又傳來一家麻辣鍋的地址，說她現在那兒。那時我有點生氣，也升起了戒心，我先遠遠地隔著玻璃窗，往裡面打量。蜜雪兒與一男一女吃著麻辣鍋，那對男女併肩而坐，而蜜雪兒坐在男的對面。那男的，就是大余吧，的確，長得就是貨運界的布萊德．彼特。他們三人像陌生人一樣。然後，我看見他們起身，蜜雪兒先走了出來。

我和蜜雪兒到公園的長椅坐下，我大概知道發生了什麼事。大余已經結婚，卻沒告訴她。我不知道更戲劇化的是，她和大余在貨車裡翻雲覆雨，結果被車子撞上，送進醫院，姦情敗露。

我去便利商店買了一手啤酒和一包涼菸，我平時其實不抽菸，但我覺得現在好適合，我幫蜜雪兒點上。在我那農村老家拿著錄音機和她英文會話練習時，我們絕對沒想過，未來有一個場景會是這樣。三十多歲與四十多歲的女人，抽菸喝酒，但我突然覺得，這才是我想要的友情。

喝著酒，我告訴蜜雪兒，如果不是因為她幫助我的英文作業，讓老師同學刮目相看，我可能當時已經因為自卑與怯懦，轉學回鄉下的高中，可能大學會考很爛，也可能一輩子都沒出過那個村莊。

蜜雪兒則不斷唸著：他怎麼可以騙我？他怎麼可以騙我？她說剛剛，在醫院裡，大余的妻子抵達之前，大余告訴她，他和這個「妻子」其實只是生活在一起，他們之間並沒有法律效力的婚姻關係。大余主動說的，為了彌補蜜雪兒，他願意為她做一件事，絕對會盡心盡力，做到最好。只要不讓他離開現在的妻子。

「妳猜我要他做什麼？」我搖搖頭。蜜雪兒從錢包裡拿出一張照片，上面是個黝黑甜美的女孩。「這是潔西。我要他把潔西娶過來。」她對著那照片輕啄一下。我好像知道發生什麼事。

「就是那個，妳從我家被送回印尼後，生下來的女兒？」我問。

「嗯，她現在十七歲了，過幾年就可以嫁過來了。我已經有身分證了，現在我最希望潔西也有。」蜜雪兒好像沒有任何心理負擔，讓心心念念、此情不渝的初戀情人娶自己的女兒？這是哪一招？那她，不就成了大余的岳母嗎？

我拿過照片，就著路燈仔細看這女孩的輪廓，再一次偷偷檢查，這女孩沒有我家的血緣，更不是我同父異母的妹妹，確保自己不會捲入這複雜的峇里島之戀。（也許我阿公或我爸、甚至我阿嬤給了她一筆封口費？）老實說，我仍無法百分之百確定，但我誰都不敢問。

「然後呢？」我問，又打開了一罐啤酒。

過了好久，我才聽見蜜雪兒用微弱滄桑的聲音，說：「然後，就 wait and see 囉。」

問答代跋

生命中有某樣東西大於我，遇見了……

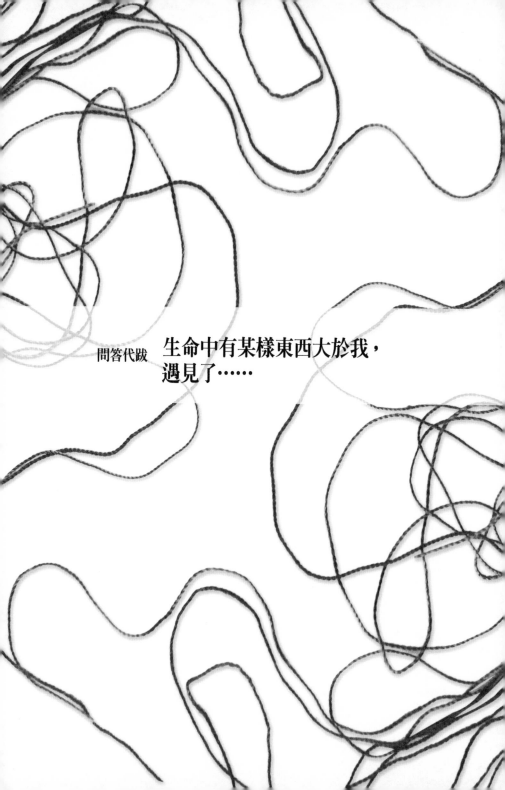

●《親愛的小孩》寫了十年，《遇見》卻在十八個月後問世。我們可以看到《遇見》的主題比《親愛的小孩》更顯著，企劃性、或者說整體性也較足夠，可以聊聊妳在創作這兩本短篇小說集時的狀態，有什麼不同嗎？《遇見》又是怎麼開始的？

《親愛的小孩》寫十年，顯而易見主要狀態就是懶散。當然也是因為中間去做了其他的事（工作、寫散文、寫劇本、拍電影），它雖然有〈親愛的小孩〉同名短篇當作主力，但基本上還是個較散漫的集結，這是不可否認的，它比較是寫作軌跡與年輪的一覽無遺，或者說，新歌加精選。那麼，新歌是哪些呢？我想是〈親愛的小孩〉、〈禮物〉、〈馬修與克萊兒〉這三篇。

而《遇見》原先構想的，是〈馬修與克萊兒〉的延續。我想用人物來帶故事，篇名就用人名，而原本想的是以幾篇當作一組：如〈周期〉與〈蜜雪兒〉，是同一個故事的兩面，白話文叫做元配與小三。但寫著寫著，又把這種「設計」打破了。後來乾脆讓每篇各自獨立，只留一小條線索當作尋寶，其實哪一篇先看都沒關係，沒看出這人跟那人有關，也沒關係。

寫這七篇小說的時候，我還是經常到處旅行，接了電視劇本《徵婚啟事》，電影劇本也在進行，還完成浩大的搬家工程。但我覺得寫小說對我來說，已經是一件很有紀律的事。例如，〈葉妍玫〉最早發表在《皇冠》雜誌的六十週年特別號，小說還沒寫完，我就必須去東京。我把自己關在新宿那個狹小但陽光充足的房間裡，寫寫修修整整兩天，完全不會覺得，都來到日本了沒去吃喝玩樂有什麼可惜。〈小芝〉更特別，開了頭之後，我就到歐洲交流兼旅行，從德國的斯圖加特到巴黎、巴黎到亞維農、亞維農到尼斯、尼斯到佛羅倫斯，每一程長途火車上，只要坐定了、吃飽了，我就把桌子放下來、打開電腦開始寫。而在台北的工作狀態則是，把劇本交出去等候意見回覆的那一兩天，我就可以再把某一篇前進個兩頁，或打出新的一篇的草稿。

不再像以前，需要熱機熱半天，或需要心無旁騖、齋戒沐浴才慢吞吞打開檔案。主要是，生活與工作時程仍然是忙碌的、緊湊的，但寫小說是一件很快樂的事，恨不得趕快見到它，會甘願為它排出時間。就像熱戀中的情侶再忙都會擠出時間來約會，說沒時間的通常是沒那麼愛了。（笑）

《遇見》就是在這種，我與小說熱戀的甜蜜期完成的。

當然最理想的創作狀態是，只寫小說，其他別的都不做。但當現實無法給予這種條件時，才是考驗真愛的開始。

●記得有一天，妳突然決定要用「遇見」來當作這本書的書名。請梓潔跟我們談談，為什麼是「遇見」呢？看完這本書會發現，遇見有時候是故事的開端，有時候是故事的結局。遇見這件事，對妳來說到底是什麼？

今年二月我去了一趟雲南。我平日生活散漫，但在旅行中我會把自己收得很緊，所有行程細節都會安排妥當，不容出錯，但唯獨雲南可以，因為我跟它實在太熟了。我知道我可以安全地把自己拋出去幾天。那是幾乎完全沒有預約的旅程，飛機到了麗江，我才知道我是個大笨蛋，因為那天是小年夜，隔天是除夕，古城恐怖的人潮還可以不聞不見，但，所有巴士都停開。完蛋了，我哪兒都去不了，而且除夕夜開始到大年初三，麗江旅館民宿房價將翻兩三倍。我必須想辦法離開麗江。我挨家挨戶地去詢問每家旅遊代辦處、散客服務中心、驢友（自助旅行、登山同好）俱樂部，都沒有車子，因為所有車子都被旅遊團包了。這些櫃檯大姊小弟一個個渾身是戲，有個戴牛仔帽、叫蒼鷹還是蒼狼的嚮導，還一邊斟酒，一邊跟我說他到世界各地高山遠征的故事。

後來，我只好做了我這輩子原本打死不做的事：跟旅遊團，坐遊覽車從麗江到香格里拉。一整車，有浙江富商帶了小三、私生子、以及和元配生的胖女兒；有北京白領雙T雙婆；當然正常人家的也很多，唯獨我一人獨行。而其中最挑起我小說家神經的，是藏族姑娘導遊。我本來很怕導遊，覺得他們就是一直推銷商品和一直講冷笑話而已，但這妞兒很強悍很有原則，會直覺她當導遊前都是在草原騎馬打獵的。有人遲到一分鐘她就會板起臉孔，像個值星官站在車門邊喊：「快！快！快！全車人都等你呢！」長得漂漂亮亮也不給虧，非常硬。後來才知道，她之前帶團去雪地，有個孕婦不聽勸告還下去玩，結果流產了，她被停工好久。

我當時想，這幾乎就是馬修・史卡德的角色原型了吧！誤射了小女孩，從此流放自己；意外讓客人流產，從此冷硬鐵血。

旅遊團解散後，我繼續往西走，到梅里雪山山區，最後徒步到名為「雨崩」的村落。一路認識了好多人，在兩三天內，在海拔三千多公尺、氣溫零下的地方，相識、一同拼車拼房、一同吃飯喝酒、道別。

我又回到香格里拉，那當時沒人要去的地方。在我出發前兩週，千年古城裡客棧的電暖爐燒到了窗簾，窗簾又蔓延到木頭屋樑，天寒地凍水管都結冰，根本救不了，居民住客一一逃出，看著整座城變成火海。

我十年前第一次去香格里拉的時候，那片古城非常冷清，只有幾戶住家，一兩家酒吧與咖啡館，許多宅院老舊失修，巷弄裡真的只有老人和老狗；七年前第二次去，它已重新被修繕招商，變成酒吧街、商店街，夜夜笙歌；今年第三次去，什麼都沒有了，只是一大片燒焦的廢墟。

其實我內心的衝擊是非常非常大的。有一種記憶被剷除銷毀，卻莫可奈何的感覺。而事實上，這種感覺，在我有豐沃記憶的區塊，如台中舊市區，如師大夜市，也一直在上演著。

回到台北後，不到一個月時間，我決定把原本依山傍水的郊區房子賣掉，搬到市區的老公寓，回到租屋族。因為住市區不需要車子了，也把車子賣掉。無房無車，人生重新開始。因為在去雲南之前，我一直在找台中的房子，想搬回台中，卻非常非常不順。但心念一轉，租房、賣房、打包搬家，卻有如神助一樣，一件件迅速安妥。

我知道有很多很多東西，我無法掌握。我唯一能做的，就像是處在暴風中心，看著它，看著它要到哪裡去；看著，我什麼時候該出手做些什麼。隱隱約約去感受，這事是會成的，它就會很順；不成的，斷手斷腳也成不了。（小芝曰：如果是命中註定，應該不會那麼難遇見，遇見之後，也不應該有那麼多困難。）

大約就是在最倉皇忙亂的時候，有天和朋友在線上傳私訊，他聽我說了這一大堆，只回我一句德勒茲的名言：「生命中有某樣東西大於我，遇見了……」（朋友在後面自己還加上：嘿嘿嘿。）這句話正中紅心。

我遇見的，就是那個抽象的、大於我許多許多的東西。遇見一個個出現又消失的人、一座興起又衰敗的城、泡沫般卻一直汩汩湧上的房價……我能做的，就只是看著它。或者，再多一點，把它寫下來。

然後，練習對它說：嘿嘿嘿。

●這本書有個很有意思的地方，就是裡頭的角色穿梭在不同的篇章之中，有時是主角，有時是配角，有時是寫發生在他們身上的事，有時根本不干他們的事。甚至上一本小說裡的一些人，也跑到《遇見》裡來。好像妳一旦寫出了他們，他們就有了自己的生命故事，而且這個故事將沒完沒了。為什麼妳會這樣安排？

「看似各自獨立的短篇，角色其實隱隱相連」，這樣的技法並不新。例如我印象很深刻的，成英姝的第一本小說集《公主徹夜未眠》即做得相當好。而同一角色（或同一名字）在不同著作中流竄、延續與再生，我想許多作者也都「玩」過。另外像我最喜愛的導演姜文的《太陽照常升起》，更是用三段式故事，來做政治與世代的諷喻，而每一段都奔放自由到無邊無際，完全不用理會相連或不相連。

在許多好萊塢賀歲片、或情人節檔強片，也常用這種敘事法，看似不相干的好幾組人，在忙各自的事，各有各設定好的議題，然後最後，砰，大團圓，原來他們是一家人，或最後在同一個 party 裡狂歡慶祝。我比較不喜歡這種最後硬要巧妙牽在一起大團圓大和解的設計。我喜歡讓每個角色，背對背開始各自的人生，我覺得那是小說家應該賦予他們的權利。

我還記得看過的一部電影《九個生命》（*Nine Lives*），導演是馬奎斯的兒子 Rodrigo García。電影由九個女人的生命切片組成，是九段短片組成的一部長片。好幾年前在中國淘碟意外看到的，所以記憶不怎麼準確。我記得有一段是在醫院裡，主角是個老婦人，一個黑人護士推車進來送藥，只有這個動作。而到了某一段，這個護士成了主角，她回到原生家庭，面對著她嚴重的家暴問題。看到後來會去觀察並期待，現在出現的這個臨時演員、這個路人，是不是下一段的主角？

我也許把故事都忘掉了，但卻記得了形式，代表形式還是舉足輕重的。

但這些電影，都仍是導演全知全能的觀點。在《遇見》裡，我嘗試不但讓角色「神出鬼沒」，還被用不同的敘事觀點再說一次。像「蜜雪兒」，在〈蜜雪兒〉裡，她是施文蕙家的乖巧女傭，到了〈賴彩霞〉，她已把自己「升級」為豪宅管家。這中間她又經過了哪些流轉？各自想像。或者，〈賴彩霞〉裡的那個蜜雪兒也不是這個蜜雪兒。

或是莊福全，他在不同篇被不同女人敘述，可是從頭到尾都沒有幫自己發過聲；〈哆啦A夢〉也是由他的病人、妻子、女兒、女兒女友、前妻來支解；大余則交給周期與蜜雪兒；而〈小兔〉裡的小兔與熊，不過是兩個網路分身。

必須再說一次，這個手法並不新。我做得是否夠好，應該留給評論家判斷。為什麼這麼做？我自己只能說：好玩。自由。能賦予故事不同角度與不同樣貌。畢竟誰遇見誰，你來我往，經常你想的不是我想的，小說家與其將心比心，不如讓他們各說各話吧。

● 在妳的小說中，每個人物各自獨立，都有不同的想法與人生故事，但卻又有隱約的連結，構成了一個總體的「心靈群像」，可以說是劉梓潔版的「台灣浮世繪」，這些人物印象是來自於自身的經驗，還是對社會的觀察？是不是也可以與我們談談，妳如何「遇見」小芝、周期、賴彩霞這些角色的？

這個問題讓我想起約翰·厄文某一本小說裡曾把，會問作者「請問你靈感是從哪裡來的」這些讀者，稱為「菜籃族讀者」。因為他們以為寫作就像買菜一樣，買一買放進籃子裡，再丟進鍋子炒一炒就出來了。當時

我讀著，心想，萬一以後被問到這問題，我就要回答：「都是我去大潤發和 Costco 買來的。」（笑）

而這，不完全是開玩笑哦。

《遇見》與《親愛的小孩》最大的不同是，《親愛的小孩》的主角非常顯著，幾乎都是光鮮亮麗、獨立自信的都會女性。但《遇見》裡多了許多殘花敗柳。如：哆啦Ａ夢的前妻、賴彩霞等，身體有一部分鬆脫崩落、沒把自己旋好的中年婦人。

這來自我這兩年在素食店、有機商品店、大賣場的觀察，而也在新聞上看到諸如母女檔在美食街找頭髮、蟑螂蛋來吃霸王餐的真人真事，或更激烈的，婦人把兒子帶去宗教團體虐死。

我覺得她們已像是某個異端祕教，程度有輕有重，就算她們不結黨集社，你也可以一眼辨出。

卜洛克筆下的馬修．史卡德，被跟班黑人小弟阿傑問到：「你通常靠什麼破案？」時，回答：「直覺、耐心，多半時候是運氣。」

我想我也常像個蹲點駐守的偵探，不放過任何一個蛛絲馬跡，理著線索，大膽假設推理。怎麼遇到這些角色的？直覺、耐心，多半時候是運氣。

● 這七篇小說裡充滿「意外」，可能是意外遇見某個人，意外碰到某件事，或者發生了各式各樣足以攪亂人生的意外。這樣的意外很戲劇化，但卻讓人感到無比真實，似乎真有「命中註定」這回事？這種偶然又必然的意外，是妳的小說裡很重要的命題？

與其說是「命中註定」，不如就說是「因緣」，或俗一點，「緣分」吧。小說家不但是說故事的人，也是問問題的人。其實每一篇，我都在問一樣的問題：到底有沒有命中註定這回事？

我們遇見一個人，覺得一見如故，或是有些人，不管見過幾次，見到他就是想躲起來。那種契合不契合、對盤不對盤、來電不來電，似乎已不是自己能選擇。隨順因緣吧，我們隨著年紀增長這麼想。但到底是為什麼呢？

周期在父親離棄後會夢遊，施文蕙遇見小芝時就覺得不對勁，小兔和馬修就是不能在一起……這些問題，可能就像克萊兒在九二一地震那晚撥通的手機，到底是接到哪一樣，只能繼續埋沒在瓦礫堆裡了。

因為無解，所以有小說。

另外說到「意外」或「戲劇化轉折」。我屬於從沒網路到有網路的那一代。我出生時還沒有手機，高中編校刊時是用完稿紙手工排版，連框線都是拿針筆一條一條畫上去的，上大學才學會打字與上網，智慧型手機剛出來的時候還以為自己拇指太大，怎麼按都按不準。終於這兩、三年，把智慧型手機用得很熟練，開始學臉書、LINE、微信等通訊方式。

網路科技又把人世因緣震動了一下。走在路上不會遇見的人，在網路上遇見了（小兔與熊）；打死不可能一屋子說話的歷任女友們，變成群組信裡的聯絡人（施文蕙、小芝與其他女人）；國中老師會來加你為好友（賴彩霞與克萊兒）……也許對一出生就摸著手機的新世代而言，這一點都不算什麼。但我是從無到有、從科技白痴到不那麼白痴，所以感受特別深刻。

更具體而宏觀地說，整個物質世界的風吹草動，都有可能左右每個人之間的緣分。一班飛機誤點，可能湊成一對佳偶或拆散一對情侶；一場地震讓一個家庭重新洗牌……也可能一個噴嚏、一個眼神，就讓世界一分為二。我不認為這是戲劇化，而是因緣匯聚的結果。

說個好笑的。幾年前有個哥們突然若有所悟地告訴我：「原來，速度真的會改變愛情的樣貌。」我心想，哇，好哲學的領會啊！他接著說：「高鐵通車後，我開始把台中的妹了。」（笑）

借句小芝的話：是不是！就是這樣！

● 身兼小說家與編劇兩種身分，有什麼好處？或是有什麼困擾？對妳而言，寫小說還是寫劇本比較難？或比較有樂趣？

寫小說還是寫劇本比較難？以前我總毫不猶豫地回答，是寫小說，因為小說必須去等待、捕捉靈光一現的句子。但漸漸成為一位職業編劇（意即寫的劇本不再是「創作」、「作品」，而必須是立即可拍、方便工作的「一劇之本」），我才意識到，劇本更難，難在如何把那些抽象的、意象的、象徵的、感覺的影像文字化。

用大家都懂的食物來比喻。若是義大利肉醬麵是小說的某一段，我可以寫：

「來自義大利波隆那的家常菜餚，醬汁濃郁，絞肉與番茄泥完美結合，包裹著手工雞蛋麵。」但若是劇本的某一場，很抱歉，最好安安份份列出：「絞肉 300 克，新鮮番茄兩顆切丁、番茄糊一罐……」等等。如果一場戲是一盤菜，編劇的重責大任就是，你要想像著它端上桌的樣子，並立馬分析出所有食材食譜與做法。這是樂趣，也是挑戰。

相形之下，小說就是無國界創意料理，你要從產地到餐桌，直接啪啪原食材無添加上桌也可；要讓食物形體消失，只萃取氣味做成泡沫，也很棒。一個人面對電腦寫得很開心，就像在流理台前面玩得很開心。

至於困擾，如果一個人讀完我的小說，對我說：「每一篇都好適合改編成電影喔！」我會覺得這是讚美。但若這人對我說：「妳是不是為了改編才寫這篇小說的？」我會很想謝謝再聯絡。（笑）

事實上，我自己多年前當記者時也曾經犯類似的錯誤。當時我去採訪著名小說家兼劇作家蕭颯，她已經沉寂很多年，因為改編白先勇老師的《孤戀花》才又稍稍露出。我記得我問她：「請問您接下來會想改編哪部小說呢？」她回答我：「妳怎麼不問我，我想自己寫什麼樣的劇本？或我想自己寫什麼樣的小說？」我覺得真糗。

「編劇」的角色經常是渺小、甚至隱形的。它的性質比較像是服務與給予。服務導演，給予演員（更多戲、更多表演空間），寫劇本時候的快樂也是來自這兩者。如前面所說，小說家是在丟問題的人，那麼在影視裡，丟問題的權力在導演身上，編劇是解決問題的人。你丟我撿，一開始當然苦命，一旦磨合出默契了，便開始有集體創作的樂趣。

編劇給我的全職寫作生活帶來可溫飽的收入之外，也讓我不那麼自閉。我還是要出門開會、與人談話。不然我應該會完完全全變成有社交恐懼障礙的宅女。

回到那個謝謝再聯絡的問題：妳寫小說時就想著要改編嗎？

其實改編不是那麼容易的事。而且，要那樣的話，我就直接寫劇本就好啦。

●請聊聊妳的生活，妳主張生活要多采多姿才寫得出東西嗎？

反過來問，我在什麼情況下會寫不出東西好了。我只要沒睡飽、或沒睡好，那一整天就完蛋。我覺得某些程度，小說家是一台訊號接收器，一定要睡眠充足、精神飽滿，訊號才會滿格。

我的生活其實很無聊。寫完小說，最開心的事就是可以讀小說；交完劇本，最幸福的事就是可以看電影。光這四件活動（寫小說、讀小說、寫劇本、看電影）就佔掉生活的大部分時間，其次是瑜伽與旅行。而好像做什麼事情都像在為寫作做準備，一旦雷達打開，連坐公車都可以很有戲。

例如，前些時候，有天在公車上看見一個女遊民，約莫四、五十歲。我一開始沒注意到她，是因為她想坐霸王車不刷票，和司機起了爭執，我才看到她與她的所有家當：一個菜籃推車、一個撿來的破行李箱，外掛很多塑膠袋。她穿著一身金黃色緞面蠶絲睡袍，表面又亮又滑、上面還有牡丹刺繡那種。我母親有年去中國旅遊時曾經帶一件幾乎一模一樣的給我，我知道要價不菲且柔軟保暖，但因為它長那樣我實在很難把它穿上身。冬天寒流來時曾經當了幾次披肩與墊被，後來還是送到舊衣回收了。我不禁開始想，女遊民現在身上這件，是我的那件嗎？一個母親的愛心，如何流轉成在街上給人看笑話的奇裝異服？

此外，因為瑜伽的關係，我也廣涉其他身心靈療癒，如：靈氣、按摩、頌砵、冥想……等等，不必把這些東西看成裝神弄鬼，它們的目的都是相同的，且非常單純：移除身體的障礙。而對一個小說家而言，想不斷寫出東西，第一步就是讓身體這個接收故事的平台，訊號更暢通無阻吧。

● 接下來，妳想寫什麼？什麼樣的體裁或什麼樣的故事？

寫完兩本短篇小說後，我想可以休息一下，把這幾年寫的關於瑜伽、飲食、旅行的雜文集結成一本較輕鬆的雜文集。為什麼不稱為「散文」了呢？不只是向村上春樹學習而已。而是，雖然得過散文大獎，也了解好的「散文」必須如何設計與掌握，但我始終覺得，詩以外的文類，應該只有「虛構」與「非虛構」類。非虛構類，可紀實、可抒情、可議論、可長可短。雜文就是如此。

至於虛構的小說，我的日治時代家族史一直還躺在抽屜裡。我也想嘗試「社會派」小說，對一個案件認真研讀、深入採訪，寫成小說……最後借蜜雪兒的話：然後，就 wait and see 囉。

● 前陣子臉書很流行點名，十部妳最推薦、或影響妳最深的書與電影，請分享妳的名單。

書：

沈從文《邊城》

米蘭・昆德拉《生命中不能承受之輕》

安妮・普露《斷背山》

馬奎斯《百年孤寂》

柯慈《屈辱》

保羅・奧斯特《孤獨及其所創造的》

約翰・厄文《蓋普眼中的世界》

勞倫斯・卜洛克《八百萬種死法》

遠藤周作《深河》

朱利安・拔恩斯《回憶的餘燼》

電影：

李歐・卡霍《新橋戀人》

路易・馬盧《烈火情人》

尚-馬克・瓦列《花神咖啡館》

阿利安卓・崗札雷・伊納利圖《靈魂的重量》

德瑞克・奇安佛蘭斯《藍色情人節》

大衛・芬奇《鬥陣俱樂部》

朴贊郁《原罪犯》

成瀨巳喜男《浮雲》

王家衛《阿飛正傳》

婁燁《頤和園》

備註：不分名次排列，且隨時更新中。☺

一個不被愛的女人，有著刮刮樂一般沒輸沒贏的性生活。在愛情裡遭遇無數難堪和挫敗後終於發現，那個親愛的小孩，將是絕望中的小小希望……

她 23 歲時跑到美國當「代理孕母」，33 歲時在婦產科大哭，42 歲時拿掉一個小孩。一個悽慘的女人，到底有沒有幸福的可能？

葉書留下一籃葡萄柚後就離開了老 K，此後，老 K 開始找各種女人回家過夜，但她們最後還是離開了他，為什麼？因為「搞不定」……

馬修說克萊兒是那種所有男人都會喜歡的女人。但細緻美麗又帶點悲傷的克萊兒，為什麼卻總是敗給了愛情？

本書是才女作家劉梓潔耗費十年心血創作的第一本短篇小說集，十個故事充分展現了她得天獨厚的說故事功力，犀利地直搗我們內心深處的情感核心。每一個故事都有如一齣高潮迭起、令人沉陷其中的電影，深深地引起我們的共鳴。讀到最後，我們才終於明白，這不是小說，而是我們藐小而偉大，難堪而坦蕩，荒謬而美麗的愛情！

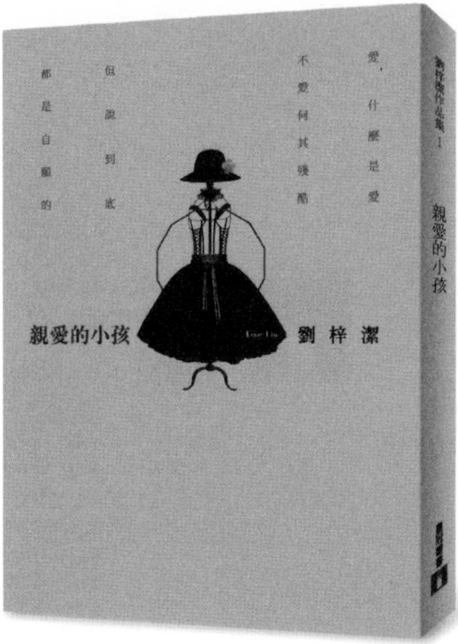
愛，什麼是愛
不愛何其殘酷
但說到底
都是自願的
親愛的小孩
劉梓潔
親愛的小孩

國家圖書館出版品預行編目資料

遇見／劉梓潔著.-- 初版.-- 臺北市：皇冠.
2014.12
面；公分（皇冠叢書；第4438種）
（劉梓潔作品集；02）
ISBN 978-957-33-3125-4（平裝）

857.63 103023313

皇冠叢書第4438種
劉梓潔作品集 02
遇見
作　　者─劉梓潔
發 行 人─平雲
出版發行─皇冠文化出版有限公司
台北市敦化北路120巷50號
電話◎02-27168888
郵撥帳號◎15261516號
皇冠出版社(香港)有限公司
香港上環文咸東街50號寶恒商業中心
23樓2301-3室
電話◎2529-1778　傳真◎2527-0904
責任主編─許婷婷
美術設計─程郁婷
著作完成日期─2014年9月
初版一刷日期─2014年12月
初版三刷日期─2018年5月
法律顧問─王惠光律師

讀者服務傳真專線◎02-27150507
電腦編號◎548002
ISBN◎978-957-33-3125-4
Printed in Taiwan
本書定價◎新台幣250元／港幣83元